5分後に意外な結末ex
クリムゾンに染まる宮殿
桃戸ハル 編著　usi 絵
Gakken

ブックデザイン・Siun
編集協力・相原彩乃、北村有紀、
黒澤鮎見、舘野千加子、
原郷真里子、藤巻志帆佳
DTP・四国写研

目次

contents

僕らに親は選べない

生んでくれる親は選べない。それはどんなにあがいても、動かしようのない摂理《せつり》だ。あきらめに近いそんな気持ちすらも、思った先から胸《むね》の底へと沈んで、どこへいったかわからなくなる。ため息をつくこともできず、僕は駅のゴミ箱を蹴《け》とばした。

もともとは、穏《おだ》やかな性格だった。少なくとも、自分の認識ではそうだった。いつからこうなったとか、いつまではこうじゃなかったとか。そんなことすら、自分でもうわからない。

こんなはずでは、なかったのに。

どうして――と考えて、すぐに思考を放棄《ほうき》した。きっとはじめから、全部決まっていたのだ。

無意識に、ズボンのポケットを探っていた。自分で入れたのに、手のひらに触《ふ》れる固い感触《かんしょく》を拒《こば》みたくて、ポケットに突っ込んだ手を無意味に動かした。

――僕がこんなふうになったのは、僕のせいじゃない。全部、僕を生んだ、親のせいで。

思考の奥でぼんやりとそんなことを考えたとき、墨《すみ》が染み込むみたいにじわりと、頭の中にいやな感覚が広がった。無性に苛立《いらだ》ちが募《つの》り、抑《おさ》え込《こ》むのも困難《こんなん》になる。

僕は手の中の折《お》り畳《たた》み式ナイフをしっかりと握《にぎ》りしめた。

凪《な》いだ心に、「この世のすべてが憎いのだ」と響《ひび》き、僕はそういう人間になる。

――もし親が選べたら。別のところに生まれたなら。僕はこんなじゃなかったはずだ。

ミステリー作家じゃなく、童話作家や絵本作家が、僕を生み出してくれていたなら。

のどかな世界でパンを焼いているおじさんだとか、森で遊ぶクマやうさぎとして迎《むか》える今日が、あったかもしれない。優しいお話のなかで、優しい気持ちだけを込めて生み出される、そんな登場人物として、次は生まれたい。

――「ああ、この世のすべてをめちゃくちゃにしたい」

小説の中に新しく書き加えられたらしい強い衝動《しょうどう》に突《つ》き動《うご》かされ、僕は握《にぎ》りしめたナイフをポケットから引き抜き、高く振り上げた。

（作　高野ユタ）

アイツがいるせいで。

朝は目覚めた瞬間からお腹をすかせている自分にゲンナリし、昼過ぎには「大盛り」を完食してしまった自分に罪悪感《ざいあくかん》を覚える。まわりは「育ち盛りなんだから」と笑うけど、自分にとって、それは免罪符《めんざいふ》にならない。

「うん、よくなりましたね。この内容で執筆《しっぴつ》に入ってください」

喫茶店《きっさてん》でテーブルの向こう側に座っていた志倉《しくら》さんが、こちらに微笑《ほほえ》みを向けて言った。担当編集の口からようやくGOサインが出たことで、ひとまず肩《かた》の荷が下りる。たぶんその気配に、志倉さんは気づいたんだろう。

「冬木萌咲《ふゆきもえ》先生の2作目には、注目が集まってますからね。じっくり練り上げたストーリーで、読者をあっと言わせましょう」

「はい」とうなずいて、自分の手もとに視線を落とす。そこには、何度もリテイクを重ねた小説のプロットがあった。これから、このプロットを小説に書き起こすことになる。この先も、「生みの苦しみ」はあるだろう。けれど、その苦しみを忘れさせるほどの楽しみもあるに違いない。

「17歳で新人賞を受賞して、1年後に2作目の発表。とてもいい流れですよ、冬木先生。この2作目は学園ものですし、現役高校生作家の冬木先生だからこそ描《えが》けるリアルな物語を、私も編集部もすごく楽しみにしています」

「期待に応えられるように、がんばります」

もう一度うなずいて、水を飲む。すると、「そうだ、プロットのこの部分なんですけど……」と、自分のほうに伸びてきた手が、プロットの一部を指さした。

その手は、白くて小さくて、かわいい。志倉さんはバリバリ働く30代なかばの女性編集者だから、「かわいい」というのは失礼かもしれないけど、背の高い自分からしたら、思わずうらやましくなるくらい、サイズ感も雰囲気《ふんいき》もかわいらしい。本人には言わないけれど。

「――なので、登場人物たちのそれぞれの心理を丁寧《ていねい》に描いたほうが、今回の作品はいいものになると思います。読者が、登場人物の中の誰かに、しっかり感情移入できるように」

「わかりました。心がけます」

志倉さんの指摘をノートにメモする。そこへ志倉さんが、「ところで冬木先生……」と、ひかえめの声で話しかけてきた。

「学校は、どうですか?」

「……さぁ。ぜんぜん行ってないので」

ノートから目も上げずに短く答えると、気配だけで志倉さんの表情が「とまどい」を帯《お》びたことがわかった。土曜の午後の喫茶店内《きっさてんない》に、静かで重たい空気がたまる。それを振《ふ》り払《はら》いたくて口を開く。

「前にも話しましたけど……学校に行けば、アイツがいるんです。授業中も、休み時間も、放課後も、アイツ……毒島剛毅《ぶすじまごうき》が、つきまとってくるんです。こっちは本当につらい思いしてるのに、まわりは誰も見て見ぬふりっていうか、むしろ、毒島に気をつかってるんです。そんな場所にいたくないし、無理なんです。ていうか、名前からして威圧的《いあつてき》で攻撃的《こうげきてき》だと思いませんか?『毒島剛毅』ですよ……」

その名前を口にするたび、のどをギュッと握《にぎ》りしめられたみたいに、息が苦しくなる。その息苦しさはすぐに痛みに変換《へんかん》されて、アイツを呪《のろ》う気持ちを膨《ふく》らませる。

「毒島なんて、消えてくれればいいのに……」

「萌咲さん。作家なんだから、使う言葉には気をつけよう」

「作家なんだから」と言うわりには、「冬木先生」とは言わず、ただただ年下の人間をたしなめる口調で、志倉さんが言った。おそらく、「人生の先輩としてのアドバイス」というニュアンスが強いのだろう。

「言葉は武器になるんだから、そんなふうに言っちゃだめだよ。絶対に」

もう一度、噛《か》んで含《ふく》めるようにつぶやく。その顔には、ほんの少しの悲しみが浮《う》かんでいた。

「……ごめんなさい。帰って、原稿に取りかかります」

一方的に席を立った自分を、志倉さんは呼び止めなかった。寄《よ》り添《そ》おうとしてくれる担当編集に、作家として、作品で応えなければと気持ちを切り替える。

空腹に負けて大盛りパスタを食べてしまった事実をチャラにしたくて、二駅ぶん、昼下がりの街を歩いて帰った。

自分の部屋にこもって小説を書いている間だけは、自由でいられる。外に出るより、自分で描きだす作品世界に没入《ぼつにゅう》しているほうが、生きがいを感じられるのだ。昨年、新人賞を受賞したデビュー作が「執念《しゅうねん》にも近い気迫《きはく》を感じる」「若い書き手なのに切々《せつせつ》と訴《うった》えてくるものがある」と評価されたのは、もしかしたら、その小説が、自分の生きがいの結晶《けっしょう》みたいなものだったからかもしれない。

今度刊行することになった2作目は、デビュー作の恋愛小説とは違って、学園を舞台にした青春小説だ。恋愛要素も少しだけ入るけど、メインは、高校生どうしの多層的な人間模様を描くこと。「現役高校生作家としての冬木先生のみずみずしい視点や感性を、めいっぱい活かしてください」と、志倉さんには言われている。

もしかしたら、担当編集の志倉さんよりも、自分のほうが、自分自身の感性に疑問を抱《いだ》いているのかもしれない。ぼんやりとそんなことを思いながら書いた初稿《しょこう》の出だしには、案の定、志倉さんの「うーん……」という、悩ましそうな声が返ってきた。

「冒頭部分の初稿、拝見したんですけど……ちょっとリアリティに欠けるかもと思いました」

やっぱり、という言葉は、電話口で飲みこむ。すると、電話の向こうで志倉さんが、言いにくそうに口を開いた。

「以前にも提案させていただいたことなんですけど……冬木先生、もう一度学校に行ってみるというのは、どうですか？」

「学校、ですか……？」

「勝手なことを言って、ごめんなさい。でも、今回の作品には『学校生活』のディテールや、生徒たちの雰囲気《ふんいき》、会話、距離感なんかのリアリティさが必要不可欠だと思ってます。今はまだ、『冬木先生の頭の中だけで構築された』という感じがしてしまいます。それが悪いことかはわかりませんが、『本当にこの作家、高校生なの？』って、読者に思われてしまう気がするんですよね。でも、そこさえしっかり描《えが》ければ、間違いなく、いい作品になると思います。だから、そういうディテールを学校に行って観察してみるというのは、いかがでしょう。もちろん、先生の事情もあると思いますので、無理にとは言いません。よりよい作品になるように、私も知恵を絞《しぼ》ります。でも、取材だと思って少しだけでも学校に行ってみる、ということを、選択肢《せんたくし》として考えてみてもいいのではと思ったので……」

電話での打ち合わせを終えたあとも、志倉さんの言葉について繰《く》り返《かえ》し考えた。

たしかに、志倉さんの言うことはもっともだ。学園ものを描くために、自分の通う学校やほかの生徒たちを観察するのは最良の「取材」になる。自分が現役の高校生だという事実は、学園ものを描くうえでは最高のアドバンテージだ。

わかっている。頭では理解しているけれど、それに心が拒絶反応《きょぜつはんのう》を示す。だって、学校に行けば、嫌《いや》でもアイツと会わなきゃいけない。毒島剛毅。こっちがどれだけ嫌っていても、「来るな来るな」と祈《いの》っても、アイツは必ず現れて、自分の無力感に直面することになる。まわりもそれを楽しんでいるフシさえあって、こっちの苦しさには無頓着《むとんちゃく》だから、よけいにキツい。「やめて」と言ったところで「何を？」とキョトンとされるだけだ。

でも、皮肉だけれど、自分の置かれているそんな状況でさえ、今の自分にとっては「小説のネタ」になるのかもしれない。

学校には行きたくない。でも行けば、今書いている小説は、もっとよくなるかもしれない。血のにじむような思いをしながら書き上げた新作は、ふたたび「生きがいの結晶《けっしょう》」となって、世間から評価を受けるはずだ。志倉さんだって、きっと「よく決断しましたね」と微笑《ほほえ》んでくれるだろう。

悩んで悩んで、一晩中悩んで――翌朝、充血《じゅうけつ》した目のまま、思い出せないくらい久しぶりに、高校の制服に袖《そで》を通した。驚《おどろ》く両親に、「取材に行ってくる」とだけ伝えて家を出る。ウソは言っていない。

久しぶりの通学路、ミシ、ミシ……と足の骨がきしんで、鈍《にぶ》い痛みになる。制服って、こんなに窮屈《きゅうくつ》だったっけ。通学バッグって、こんなに重かったっけ。いろんなことが頭をよぎって、ときどき呼吸をさまたげた。

学校に着いて、上履《うわば》きに履き替え、廊下を進み教室へ向かう。ミシ、ミシ……と足から腰にかけて体がきしむ。回れ右をしそうになるのを何度もこらえて、教室にたどり着く。教室に入る前から、クラスメイトがこちらに気づいて、わかりやすく驚いた表情をしたり、「えっ」と声をこぼしたりしていて、早くもいたたまれなくなった。

――これは取材、これは取材、これは取材……。ぜんぶ、いい小説を書くためだ。冬木萌咲の2作目を、「新作もよかった」と言ってもらうために必要な、「生みの苦しみ」だ。

そう言い聞かせて、教室に足を踏《ふ》み入《い》れる。

自分の席は、変わらない場所にあった。おそるおそるイスに座ると、鈍くきしんでいた足の痛みは、少しだけ弱くなった。でも今度は、周囲から向けられる視線が痛い。

「久しぶり。来たんだね」

前の席に座っていた女子——たしか、平井《ひらい》さんが、振《ふ》り返《かえ》ってそう言った。「うん」と短くこたえると、「授業、どこまで進んだかわかる？」と、平井さんは数学の教科書を軽く振ってみせる。「わからない」と短くこたえると、「えっとねー」と、教科書を開いて見せてくれた。

居心地の悪さに、重なる視線の圧力に、心臓が、ずっと縮こまっている。でも、なんとか乗り越えられないこともないかも……。そう思ったときだった。

「おー、毒島！」

教室の入口付近で、そんな声が弾《はじ》けた。

その名を耳にした瞬間《しゅんかん》、ビクッと自分の両肩《りょうかた》が跳《は》ね上《あ》がったのがわかった。ドドドッと鼓動《こどう》が速さを倍加させて、手の平や首筋《くびすじ》に気持ちの悪い汗の感触《かんしょく》がつたう。「大丈夫《だいじょうぶ》？」と尋《たず》ねてくる平井さんに、今度は短い声すら返せなかった。

「毒島さぁ——」

ガタンッと音を立てて席を立ち、開けてもいなかった通学バッグをひっつかむと——びくりと身をすくませた平井さんに声をかけることもせず——気づいたときには教室を飛び出していた。「こら、教室に入りなさい！」という先生の声にも、立ち止まることはできない。

やっぱり、あのクラスにいれば、毒島剛毅に会わざるを得ない。誰かが毒島の名を呼ぶのを聞いただけで、体中の細胞《さいぼう》が嫌悪《けんお》して震《ふる》えた。あの教室に居続けるのは無理だ、怖い、と、全神経が拒否《きょひ》していた。

保健室へ逃げこむと、養護の先生が「あら」と、こちらの顔を見た。けれど、何も聞かずに「ベッド、いちばん奥のを使って」と言って、期限を決めずに休ませてくれた。

——今の自分には、学校を取材することなんて不可能だ。

頭から布団をかぶって、そう痛感した。


少しだけ眠《ねむ》ってしまったらしい。いや、もしかすると、ショックのあまり気を失ったのかもしれない。気づいたときには、もう少しで正午という時間だった。「成長期は眠いよね。お腹もすいたんじゃない？」と、養護の先生が水のペットボトルを手渡《てわた》してくれる。たしかに、お腹はすいている。でも、何も食べるものを持っていないし、ほかの大勢の生徒にまじって食堂へ行く気分にもなれない。

「……帰ります」

「そう。顔色は戻《もど》ったみたいだけど、一人で平気？」

幸い、荷物はぜんぶ教室から持ってきている。「はい」とうなずいて、のそのそとベッドを抜け、保健室をあとにした。ちょうど4限目の授業中なので、生徒と出くわすことはない。それでも勝手に早足になりながら、昇降口《しょうこうぐち》を目指す。

誰かに目撃《もくげき》される前に帰りたい。靴箱《くつばこ》を開ける手があせる。そして、靴箱から靴を取り出した拍子《ひょうし》に、何かがひらっと足もとに落ちた。白い封筒《ふうとう》だ。

なんだろう……と思った次の瞬間《しゅんかん》、4限目の終了を告げるチャイムが鳴《な》り響《ひび》いた。すぐに生徒たちが教室から出てくる。帰ろうとしているところを誰かに——とくに、クラスメイトに見つかったら面倒《めんどう》だ。

足もとに落ちていた封筒を、パッと拾ってバッグに押しこんだ。そして、足をローファーにねじこむようにして、つまずきながら昇降口を出た。あとはほとんど駆《か》け足《あし》で、追われるように自宅へと戻る。

結局、何もできなかった。取材らしいことも、人間観察っぽいことも。次回作の執筆《しっぴつ》に役立ちそうなことは、何ひとつ。でも、保健室に関する記憶だけは更新《こうしん》できたかもしれない。保健室のシーンを増やすことを提案したら、志倉さんは、なんて言うだろう。

そんなうすっぺらいことを考えながら、帰ってきた自室のベッドに体を放り出す。制服のままだと窮屈《きゅうくつ》なことに気づいて起きて、部屋着に着替えて、それから通学バッグを開けて、その存在を思い出した。

白い封筒。自分の靴箱に入っていた、謎《なぞ》の手紙。宛名《あてな》も差出人の名前も書いていないので、自分宛てかどうかもわからない。でも、自分の靴箱に入っていたのだから、中を確認することは間違いではないはずだ。

軽くのり付けされた封を開け、中の便せんを取り出す。折りたたまれたそれを開くと、冒頭に、目を疑いたくなるような文字が書きつけられていた。

「——毒島剛毅さまへ」

見てはいけないものを見てしまったような気分になって、机に手紙を放り出す。

これは、自分宛てじゃない。一瞬、自分に対する嫌がらせの手紙かとも思った。でも、実際にはもうひとつの可能性——つまり、ラブレターであるという事実を認めなければならない。ただし、書いた人が届けたかった相手は、あの男。いまいましい毒島剛毅へのラブレターなんて、１秒も目に入れたくはない。

でも……これはチャンスかもしれない。つまり、誰かが「好きな人」に宛《あ》てて書いたリアルなラブレターを読むチャンス。今、自分の目の前にあるこの手紙には、１人の高校生の血の通った言葉、そして、あふれ出す想いが詰《つ》まっているはずで、それはつまり、究極のリアリティだ。これが、学園を舞台にした青春小説の参考にならないはずがない。

放り出した手紙を、もう一度、手に取る。そして、「毒島剛毅さまへ」に続く内容を、こわごわと目で追った。

＊　＊

——突然のお手紙で、ごめんね。今日、久しぶりに毒島くんを学校で見かけて、すごくうれしくなってしまい、この手紙を書いています。一度はあきらめようと思ったのですが、久しぶりに毒島くんの顔を見ると、やっぱり好きだなぁと思ってしまいました。

わたしは毒島くんのことが好きです。わたしは体が小さいので、背が高い毒島くんに憧《あこが》れる気持ちもあります。力強さを感じるし、声もかっこいいし、「剛毅」というお名前も、とてもステキだと思います。もっと、毒島くんとお話しできたら——

＊　　＊

たえきれなくなって読むのをやめ、閉じた両目をまぶたの上から手で覆《おお》う。

手紙には、毒島剛毅への血の通った言葉が、抑《おさ》えきれなくなった想いが詰まっていて、読み進めるほどに、手紙を書いた女子生徒への申し訳なさが込み上げてきた。

「ごめんね……」

机に伏《ふ》せたラブレターを指先でなぞって、つぶやく。

「これは、自分が読むべきじゃない。自分は、きみの好きな毒島剛毅じゃないから」

ズキッと、また足の上のほう、腰《こし》に近い部分が痛む。立っているのが億劫《おっくう》でベッドに座ると、真正面に、鏡が見えた。そこに写る自分と目が合って、その自分が、ひどく不快げに眉《まゆ》をひそめる。

ベッドに座った状態でも長身だとわかる、がっしりした体つき。ひろい肩幅《かたはば》に、太い腕《うで》。「スポーツが得意そう」「肉食系男子っぽい」と、一度も望んだことのない評価を下される顔つき。何もかもが「冬木萌咲」っぽくなくて――「毒島剛毅」こそ正しい名前だと突《つ》きつけてくるようで、吐《は》き気《け》がする。

ようやく理想的な、自分にしっくりくる名前《ペンネーム》を手に入れたのに。顔出しをせずに女性として、女性的な感性で作品作りに没頭《ぼっとう》できるようになったのに。なのに、自分をとりまく現実は、「それは虚構《うそ》だ」と言って譲らない。ときどき足腰《あしこし》を襲《おそ》ってくる成長痛《オスグッド》も、食べても食べてもすぐ空腹を訴《うった》えてくる胃も、声変わりが終わって低くなってしまった声も、何もかもが「育ち盛りの高校生男子」の象徴で、全身をかきむしりたくなるくらい嫌になる。

自分は、体の小さい女子に憧《あこが》れる。華奢《きゃしゃ》で、力なんてなくて、「鈴《すず》を転がしたような」と形容されるにふさわしい澄《す》んだ声《こえ》の女の子になりたかった。周囲から期待されている「毒島剛毅」

像は、本当の自分からはかけ離れている。そのことが、たまらなく息苦しい。

「わたしは、冬木萌咲になりたいの。毒島剛毅なんて、今すぐ、消えてしまえばいいのに」

今日は、とがめる声もないかわりに、この気持ちに寄りそってくれる声も、どこにもない。


（作　橘つばさ）

編集長の仕事

「篠原《しのはら》編集長！　俺はもう無理です!!」

部下の真田《さなだ》がつかつかと大股《おおまた》でやって来たと思うと、険しい顔で大声を張り上げ、篠原のデスクにバンッと両手をついた。

「竜崎《りゅうざき》先生のワガママに付き合うのも、もう限界です！　あれはもう、作家のワガママを超えて、れっきとしたパワハラですよ!!」

「待て待て、今度は何があったんだ？」

顔を真っ赤にしていきり立つ真田を前に、篠原は、目を通していた書類をいったんデスクの上に置いた。

篠原は、とある出版社の文芸編集部の編集長として、何人もの部下を統括《とうかつ》している。書籍全体のクオリティを管理したり、部下たちの労務を管理したりするのが、篠原の編集長としての仕事である。実際に各作家を担当するのは、部下たちの仕事だ。

作家の中には、付き合うのがなかなかに難しい人物もいる。極端《きょくたん》に偏屈《へんくつ》だったり、こだわりが強かったり、アイデアが次々と浮かぶからこそ主張がころころ変わったりして、そのたびに編集者は振《ふ》り回《まわ》されることも多い。篠原が知る作家にもそういう作家が大勢いるのだが、なかでも、竜崎幻寿郎《げんじゅろう》は群を抜いて気難しい大御所作家だった。

竜崎幻寿郎は歴史小説の大家として、数多くのヒット作を世に生み出してきた。しかし、その陰で何人もの担当編集者が心身をすり減らしてきたのも事実である。作家としての才能は申し分ないのだが、極端に言うなら、編集者を「仕事のパートナー」とは――いや、「人間」とは思っていないフシがあるのだ。

竜崎の担当になった編集者は、早朝だろうが夜中だろうが、「原稿《げんこう》について話がある。今すぐ来てくれ！」と言われたら一時間以内に駆《か》けつけなければならない。一分でも遅れたら、一時間の説教が待っている。

――説教する時間があるなら、原稿を書いてほしい。

編集者はそう思うが、そんなことを言ってしまったら、説教の時間がさらに一時間延びるだけでなく、原稿を書いてもらえなくなってしまう。

ほかにも、取材旅行の手配も完璧《かんぺき》にこなさなければ怒声《どせい》が飛んでくるし、サイン会の段取りにも細心の注意が求められる。

指示されることは、「本づくり」に関わることだけではない。家の掃除《そうじ》や買い物、宅配便の受け取りから観葉植物の手入れまで――二つ返事で引き受け、執筆《しっぴつ》に集中してもらえる環境を作らなければならない。そこまでしても竜崎の筆がのらないときは、理不尽《りふじん》に八つ当たりされることもしばしばだ。

最初は、どんな編集者も、「あの竜崎先生の担当になれるなら！」「自分なら、先生をうまくコントロールできる！」と意気ごむのだが、しばらくすると、「自分にはできません」「かえって先生の執筆の邪魔《じゃま》になってしまうので……」と、担当替えを申し出る。もちろん、竜崎本人から、「今すぐ担当を代えてくれ！　使いものにならん！」とクレームを入れられたことも、一度や二度ではない。いずれにしても、篠原にとっては大きな悩みの種だ。

そして、もう何人目かわからない竜崎の担当編集者である真田が、いよいよ爆発寸前《ばくはつすんぜん》といった様子で、篠原のもとへ抗議《こうぎ》にやってきたのだった。

「真田。おまえ、先日も竜崎先生を怒らせたばかりだろう。最近、多いんじゃないか？」

「それは、あの人がますますおかしくなってきているっていうだけの話です。この前なんて、『サイン会の日程を変更しろ！』って怒鳴られたんですよ？　セッティングはすべて終わってるっていうのに。それで、『もう会場も押さえてあるので、今さら変更はできません』って言ったら激怒されて……。その件については、副編集長から竜崎先生に電話してもらいました。ちなみに今日は、『玄関《げんかん》の掃除が甘《あま》い！』って、くどくど文句を言われました。もう我慢《がまん》できませんよ。掃除なんて、編集者の仕事じゃないじゃないですか。編集長からも、先生に言ってくださいよ」

眉間《みけん》にシワを寄せたまま、真田が文句を並べる。竜崎なみに不機嫌《ふきげん》そうな真田の表情を見ながら、篠原は小さくため息をついた。

「真田、おまえもわかってるだろ？　竜崎先生は、うちの会社の看板作家だ。先生を怒らせて、『おまえのところでは、もう二度と書かん！』なんて言われたら、売り上げが落ちて、この編集部も今のままではいられなくなるぞ。会社と社員を守るためにも、竜崎先生には書き続けてもらわないといけないんだ。先生の要求にこたえることは、担当編集者の仕事のひとつだと思ってくれ。頼む。先生のご機嫌を損ねるわけにはいかないんだ」

それは、竜崎の歴代担当となった部下たちに、幾度《いくど》となく繰《く》り返《かえ》してきた説明であり、説得であり、懇願《こんがん》だった。

篠原としても、部下たちに無理を言っているという自覚はある。部下に竜崎の相手をさせることが、パワハラになる危険性も理解している。しかし、編集長という立場にある篠原は、部下の勤務環境と同じくらい、会社の利益のことも考えなければならない。部下の言い分を優先して、稼《かせ》ぎ頭《がしら》の大作家にヘソを曲げられたら、最後は誰かがリストラされてしまうかもしれないのだ。

そういった篠原の「板挟《いたばさ》み状態」を理解しているからこそ、これまでの部下たちは篠原の説得に応じて、竜崎の担当を――竜崎から「担当を代えろ！」と怒鳴られるまでは――真摯《しんし》に続けてくれた。

しかし、爆発寸前といった様子の真田が、「わかりました」とうなずくことはなかった。

「いいえ、俺はもう限界なんです。今まで何度も我慢《がまん》して、不満をのみこんで、担当を続けてきましたけど、これ以上は無理です。編集長は、部下と作家のどっちが大切なんですか!?」

「もちろん、おまえたち部下に決まってるだろ。だからこそ、みんながこの仕事を続けるために、あの『ワガママ先生』と付き合っていかなきゃならないんだ」

「竜崎先生の担当から外してもらえないなら、俺はこの会社を辞めます」

叩《たた》きつけるような真田のその一言に、篠原は目をむいた。

「おいおい。会社を辞めるなんて、何もそこまで――」

「俺は、それくらいのストレスを抱《かか》えてるんです！　あいつの担当になってから、まともに寝《ね》られてないし、休日なんてありません。あいつからいつ呼び出しがあるかもわからないから、24時間ずっとスマホが手放せなくて、まったく気が休まらないんです。しかも、あいつからは毎日のように文句や怒鳴り声ばかり浴びせられて、もうやってられません！　このままじゃ体を壊《こわ》します。体だけじゃない、精神も限界です。俺たち編集者は、作家の奴隷《どれい》じゃない。俺か、あいつか、どちらかを選んでください！」

一気にまくし立てた真田が、デスク越《ご》しにギロッと篠原をにらむように見つめてくる。その目の下には濃《こ》いクマができている。「まともに寝られていない」というのも、大げさな話ではないのだろう。篠原自身も若いころ、竜崎の担当編集を務めたことがあるが、当時、鏡に映った自分の顔も、今の真田と似《に》たようなものだった。あのとき、篠原の体は激務のため、本当に壊《こわ》れる寸前で――睡眠不足《すいみんぶそく》と過労がたたってめまいを起こし、竜崎の自宅から社に戻《もど》る途中で駅構内の階段から転落し、救急搬送《はんそう》されたのだ――それを理由に、担当を代えてもらったという経緯《けいい》がある。

「……たしかに、編集者は作家の奴隷《どれい》ではないな。さっきも言ったが、俺にとって大事なのは作家じゃなくて、仲間であるおまえたちだ」

篠原は目をつぶって、じっと考えたあと、デスクの上に置いてあった社用のスマホを手に取った。それを指先で操作し、耳もとに近づける。その様子を、対面に立ったままの真田が、じっと見つめていた。

「……竜崎先生、××出版社の篠原です。今、少しだけお時間よろしいでしょうか？　先生に、きちんとお伝えしておきたいことがありまして」

スマホに向かって、篠原は静かに語りかけた。電話の相手が竜崎だと知った真田は、怒りの気配を和らげたかわりに緊張《きんちょう》の色を濃《こ》く顔に浮《う》かべ、じっと篠原の言葉に耳をかたむける姿勢をとった。真田だけでなく、ほかの部下たちも、篠原の声に耳をすませている様子だ。竜崎という気難しい大作家に対する篠原の出方に、全編集部員の注目が集まっていた。

いくつもの視線を感じながら、篠原はゴクリとノドを鳴らすと、スマホに向かってふたたび口を開いた。

「まず、先日はサイン会の準備に関して、こちらの不手際があり、申し訳ございませんでした。可能なかぎり、先生のご希望にそえるよう調整してまいります。ですが、われわれ編集者だけではなく、ご協力をいただいている書店さんも、先生の本を１人でも多くの読者に届けるために最善を尽くしていることを、ご理解いただけないでしょうか。われわれ編集者は１人の人間です。わたしは編集長として、部下たちを守る義務があります。彼らを人とも思わない言動は、今後一切、おひかえください。編集者は『作家の相棒』であって、『作家の奴隷《どれい》』ではありません。もちろん、竜崎先生の執筆《しっぴつ》のサポートはいたしますが、度を超えたワガママにこたえる必要はないと考えています。われわれはあくまで、『よき本』を作るために仕事をしているんです。……いやいや、他社の編集者だって思いは同じです。他社に原稿をもっていったって、同じことです。われわれ出版社同士は、よきライバルであると同時に、よき仲間でもあります。出版業界を志し、『よき本』を読者に届けたいと考えている、前途《ぜんと》ある若い編集者をつぶすようなマネを今後もなさるというのなら、わたしは黙《だま》って見ていることはできません！　……いいから黙《だま》って聞け！　あなたは今まで誰からも注意されてこなかったでしょうから、わたしがはっきり言いましょう。あなたが傲慢《ごうまん》な態度をこれからも続けるなら、そんな作家は、うちの会社だけでなく、これからの文芸界にも必要ない‼　これは最後通告です。もう一度言います。今後、態度を改めていただけないなら、あなたの本はウチから出せなくなってもかまわない。他人の権利やプライドを想像できない作家の作品なんて、出版する価値もない！」

篠原の毅然《きぜん》とした言葉に、真田をはじめ、全社員が息をのんだ。その気配を感じながら、篠原は乱れた心を静めるために深呼吸する。

「申し上げたいのは、それだけです。今一度、お考えいただけますと幸いです」

失礼します、と静かに一言添《そ》えてから、篠原はスマホを机に伏《ふ》せるようにして置いた。そして、ふぅ……とため息をついた直後、わぁっと、編集部のフロアが震《ふる》えるほどの勢いで、あちこちから歓声だけでなく、拍手《はくしゅ》まで上がった。

「篠原編集長、すごい！　ビックリしましたけど、ちょっと感動しました‼」

「まさか、竜崎先生にあんなビシッと言うなんて……。私までドキドキしちゃいました」

「でも正直、『よくぞ言ってくださいました！』って感じですよ。僕も以前から、竜崎先生の言動は疑問に感じていたので」

デスクに集まってきた部下たちの表情が、篠原の目には一様に輝《かがや》いて見えた。それほど、身勝手な竜崎に対する不満や疑心が募《つの》っていたのだろう。自分は編集長として、部下たちを守るために行動した。やるべきことをやったのだ。篠原はそう思った。

「編集長にできることなんて、部下が気持ちよく働ける環境を整えることくらいだからな」

笑顔でそう言った篠原に、部下たちが口々に、「さすがです！」「ありがとうございます！」と弾《はず》んだ声をかける。真田も、今や穏やかな表情で、篠原に頭を下げていた。

これで、部下たちのモチベーションは上がるはずだ。これでよかったのだ。篠原が心の中でそうつぶやいたときだった。

「あのー、篠原編集長」と、若い社員——ではなく、主に電話番や資料整理を任せている大学生アルバイトの青年が、盛り上がる編集部員たちの間を縫《ぬ》うようにして近づいてきた。

「今、編集長がスマホでお話しされていた間に、あっちの固定電話のほうに、編集長宛《あ》てにお電話がありまして、保留にしてあるんですが……」

「お、そうか。誰からだ？　用件は聞いたか？」

篠原は当然の質問をしながら、デスクの上で「保留」のランプを灯している固定電話に手を伸ばした。その手が受話器に触れたところで、アルバイトの青年が淡々《たんたん》とこたえる。

「『サイン会の日程変更ができなかった部下の不手際について、今夜、編集長が自宅まで謝罪に来ると聞いていたが、それまで待てない。今すぐ来い。そのとき、手ぶらで来るなんてバカなことはするなよ』とおっしゃっていました。えっと……竜崎幻寿郎さんという方からです」

その瞬間、編集長の勇気ある行動をたたえてお祭《まつ》り騒《さわ》ぎだったはずの編集部が、水を打ったように静まり返った。いや、「凍《こお》りついた」と表現したほうが適切かもしれない。

居合わせた編集部員たちが、いっせいに篠原のほうを見た。なかでも真田の目は、「信じられない」と言わんばかりに見開かれ、震《ふる》えていた。

篠原が、スマホで竜崎幻寿郎に抗議《こうぎ》の電話をしていた間に、その竜崎幻寿郎から、会社の電話に入電があった。通話していた相手から、別の電話に呼び出しがかかってくるなど、通常なら起こるはずがない。

「篠原編集長……。さっきスマホから竜崎先生にかけていた電話――まさか、電話したフリだったなんてこと……ないですよね……」

真田の震える声に詰《つ》め寄《よ》られて、篠原はガックリと肩を落とした。今夜、竜崎の家を訪問した際、土下座して懇願《こんがん》するつもりだったのに……。自分が竜崎の担当を務める覚悟もしていたのに……。

篠原の目には、「部下からの信頼」がボロボロと崩《くず》れ、そのガレキが自分と部下の間に、大きな壁《かべ》となって積み上がっていくのが見えた。


（作　桃戸ハル、橘つばさ）

クロサキくんにクビッタケ

クロサキくんは、いつも外を見ている。

教室の窓際《まどぎわ》の列、私の左斜め前方にある席に、クロサキくんは座っている。

授業中、みんなが板書を書き写したり、居眠《いねむ》りをしたり、隠《かく》れてスマホをいじったりしている中、クロサキくんはいつも窓の外の世界を見つめている。まるで、檻《おり》に閉じ込められた鷹《たか》が悲しい目で大空を懐《なつ》かしむように。

クロサキくんは、クラスの中でも、ちょっと特別な雰囲気《ふんいき》をもっている。不良とまでは言わないけれど、少し怖《こわ》いと言うクラスメイトもいる。あまり誰かと一緒《いっしょ》にいることもないし、一人でもまるで構わないという感じだ。

休み時間には、クラスの男子たちが、どの女子が可愛いなんて話をこそこそしていたり、女子は女子で、「推しは誰だ」なんて、恋愛《れんあい》や芸能界の噂話《うわさばなし》をしていたりするけど、そういうのにクロサキくんが混ざって会話している姿なんて、見たことがない。

初めて、窓の外を見つめるクロサキくんを見た時、ひどく印象に残ったのは、その姿が何か象徴的《しょうちょうてき》に思えたからだった。

クラスの中、一人だけ、全然別のところを見ている。狭《せま》くて息苦しい学校のことなんて、興味がなくて、もっと広い外の世界へ目を向けて、飛び出したいと願っている——。

そんなクロサキくんを見ていると、学校の生活に疑問ももたず、他愛もない話で盛り上がって、それで満足して暮らしているクラスメイトや自分が、ひどく子どもじみて思えるのだった。

クロサキくんは窓の外を見ながら、何を考えているのだろう。クロサキくんにとって、学校は退屈《たいくつ》な檻なのだろうか。自由を夢見るように外を見つめて、何を思っているのだろう。

そんなことが気になって、私は窓の外を見るクロサキくんに、よく目を向けるようになった。

授業中、そっぽを向いているくせに、クロサキくんは割と成績もいい。

部活には入っていなくて、いつもさっと帰ってしまう。

学校の勉強以外でだって、きっと私の知らないことを、たくさん知っているのだろう。

私には思いもよらないような考えが、クロサキくんの頭の中にはきっとあるはずだ。

――クロサキくんに話しかけてみたい。クロサキくんのことを、もっと知りたい。

いつしか私は、そんな風に思うようになっていた。

どこか寂《さび》しげに、切なげに、悲しげに、外を見つめるクロサキくんの心の中に触《ふ》れてみたい。

とは言え、元々、あまり他人を寄せつけない雰囲気《ふんいき》のクロサキくんに、そう簡単には話しかけられない。これまで、ほとんど話したこともないのだ。

ある日の授業中、相変わらず窓《まど》の外を見ているクロサキくんを、私は見ていた。ふと、窓の外の空を、鳥が飛んで横切っていく。私は無意識に、その鳥を目で追った。あんな風に、自由に飛んでいけたらいい気分だろうなと思いながら。気づくと、クロサキくんも、その鳥を目で追っているようだった。もしかしたら、クロサキくんも、私と同じことを考えながら、鳥を見たのだろうか。クロサキくんと私だけが、同じ鳥を。それはまるで、2人だけの秘密のようで、私の心臓はなぜか、ひどくドキドキとした。

私の首筋に不思議なデキモノができたのは、その夜だった。うなじの根本あたりに、小さなキノコのようなものが生えているのを見つけた。スマホで撮影してみると、イボとは違う、笠《かさ》のあるキノコのような形をしたデキモノだった。

何かの病気だろうか。心配になって調べてみると、それは「クビッタケ」というものらしい。特に体に害があるわけではない。恋《こい》をしている人に、稀《まれ》にできるニキビのようなものだという。病気は病気でも、「恋の病」だったのだ。

恋……恋!? つまり、私は誰かに恋をしているということ？ いったい誰に？

考えられるのは、クロサキくんしかいなかった。

そんなまさか！ クロサキくんと私じゃあ、とても釣《つ》り合《あ》わない。

でも、クロサキくんのことを考えたり、見たりすると、胸が高鳴るのは確かだった。クビッタケは恋が成就すると自然と消える。無理やり潰《つぶ》してしまうこともできるが、そうすると自分の中の恋心も消えてしまうらしい。

これが本当に恋なのかはわからない。でも、今クロサキくんに抱《いだ》いている気持ちがなくなってしまうと思うと、私はクビッタケを潰《つぶ》す気にはなれなかった。

私はクビッタケを襟《えり》で隠《かく》しながら、傷つけないように気をつけて生活を送った。クビッタケが生えたなんてこと、他の人にバレるわけにはいかない。

でも、日に日に、クビッタケは膨《ふく》らんで大きくなっていく。

クラスのちょっとした連絡でクロサキくんと少し言葉を交わしたり、たまたま目が合いそうになったりしてドキドキすると、クビッタケが伸《の》びて首をくすぐる。外を見ているクロサキくんをただ後ろから見ているだけでも、ドキドキする気持ちは日増しに大きくなって、それに合わせるみたいにクビッタケも大きくなっていった。

何とかしようと思ったけど、どんどん膨《ふく》らむクビッタケを私は止められなかった。

私は必死でクビッタケを隠《かく》し、バレそうになると全力でごまかした。

「なんか、最近、変じゃない？」

友だちに聞かれて、ドキリとすることもあった。

「え？　何が？　何もないよ？」

私はパッと首元に手でふたをして、ヘラヘラと笑った。

やがてクビッタケは、襟《えり》からはみ出しそうなほどになってしまった。友だちたちも薄々《うすうす》、何かに感づき始めている。このままでは、誰かに完全に気づかれるのも時間の問題だ。

私はもう認めるしかなかった。自分がクロサキくんに恋《こい》をしていることを。

これ以上、膨《ふく》らんだクビッタケを――私の気持ちを隠しきれない。

思い切ってクロサキくんに話しかけよう。できることなら、この気持ちを伝えて、告白も……。

私なんて、クロサキくんにとっては、子どもじみたクラスメイトの一人に過ぎないに決まっている。そんなクラスメイトとの恋愛《れんあい》ごっこなんて、クロサキくんには興味がないだろう。

それでも、もうただ見ているだけではいられない。子どもっぽいと笑われてもかまわない。私の気持ちが本気であることを伝えよう。とにかく今日、一歩を踏《ふ》み出そう。

そう心に決めて、私は相変わらず窓の外に目を向けているクロサキくんを見た。

国語の授業中で、一人ひとり生徒が当てられて文章を音読している。

私はまだ当てられていなかった。けれど思わず、私は声を出しそうになった。

クロサキくんの首元。そこに私は、自分がよく知るものを見つけてしまった。

襟からちょこんと、クビッタケが頭を出しているのだ。

その時、クロサキくんの右斜《みぎなな》め前に座る山本さんが当てられて立ち上がった。

それに合わせて、窓の外を見ていたクロサキくんの顔が少し上向いた。

私はハッとして、自分の横にある窓を見る。窓にはうっすらと教室の景色が映りこんでいる。

クロサキくんの見る窓には、きっと山本さんが映りこんでいることだろう。

音読を終えた山本さんが着席する。窓に映っている山本さんの顔を追うように、クロサキくんの顔が下がる。

窓の外を見ていたのではなかった。クロサキくんはずっと山本さんを見ていたのだ。横を向いて直接見つめるのが恥《は》ずかしいから、窓に映る顔を。

すべて私の勘違《かんちが》いだった。クロサキくんは、私や他のクラスメイトより、ずっと大人びた人間なわけでも、自由を求めて外を見ているわけでもなかった。

クロサキくんは、ただ女の子に恋《こい》をしているだけの普通《ふつう》の男の子だったのだ。

自分の首元から何かがポトリと落ちて、私はクロサキくんから目を離《はな》した。

机に転がる、しなびてとれたクビッタケを見て、私は自分の初恋が終わったことを知った。


（作　森久人）

わたしたちの家

ついに……と、勝手に吐息《といき》がこぼれた。水野秀俊《みずのひでとし》の見上げる先には、完成したばかりの白い三角屋根が、青空を突《つ》くように伸《の》び上《あ》がっている。

40歳の節目《ふしめ》に、秀俊は愛する妻と2人の子どものため、郊外《こうがい》の住宅地の一画にマイホームを建てた。2階建ての4LDKで、妻の念願だったウォークインクローゼットや、パントリーもつけた。小さいながら庭もあるので、そのうち、犬を飼《か》うのもいいかもしれない。

つい昨日まで水野家の4人が暮らしていたのは、築年数でいえば秀俊よりも年季《ねんき》の入った賃貸マンションだった。間取りが2LDKだったので、2部屋ある洋室のひとつを夫婦の寝室《しんしつ》、もう一室を子ども部屋にしていた。

しかし、娘の英菜《えな》は中学1年生、息子の海翔《かいと》は小学5年生になった。体も大きくなるし、いろいろと難しい思春期だし、姉弟《きょうだい》2人で一部屋という生活はそろそろ限界だった。むしろ、2

人ともよく我慢《がまん》してくれたと思う。

「お父さんな、家を建てようと思うんだ。そうしたら、英菜にも海翔にも、ちゃんと『自分の部屋』をもたせてあげられる。今までは2人で一部屋だったけど、新しい家では、1人で一部屋を使える。家族全員の家なんだから、家のことは、これからみんなで仲よく協力してやっていくんだぞ」

そう伝えたときの2人の喜びようはなかった。

そして、新居へ引《ひ》っ越《こ》してきた今日、子どもたちは真っ先に「自分の部屋」を確認すべく、2階へ駆《か》け上《あ》がっていった。階段を上がった正面が海翔の部屋で、その右隣《みぎどなり》が英菜の部屋だ。夫婦の寝室は、英菜の部屋の正面に位置している。こちらは、子どもたちの部屋よりも広めだ。

1階には、庭に面していて採光も十分なリビングダイニングと、これも妻の念願だったシステムキッチン。客間にもなる四畳半《よじょうはん》の和室と、水回りが集約されている。家族全員、大満足の新居だ。

「すごい！　本当にあたしの部屋がある！　お父さん、ありがとう！」

「オレもこれで、ねーちゃんに『うるさい！』って怒られなくてすむ!!」

「言っとくけど、あんたとあたしの部屋は隣《となり》なんだから、うるさくしたら怒るからね」

「お父さん、お母さん！　友だち呼んで、ゲームしていい!?」

「だから、うるさくしないでよね！」

「ねーちゃんのほうが、うるせーじゃん」

わーわーと言い合う子どもたちを、秀俊は妻の澪子《みおこ》とともに、微笑《ほほえ》みを浮《う》かべて見つめていた。今日から家族４人、念願のマイホームで、希望に満ちた新しい暮らしが始まる。大きな幸せと達成感を、秀俊は噛《か》みしめていた。

マイホームのスタートは、発見と安心と充実感《じゅうじつかん》に彩《いろど》られたものとなった。子どもたちはときどき、学校の友だちを家へ招くようになり、妻は庭の小さな花壇《かだん》で花を育て始めた。近所付き合いにも、さしたる問題はない。賃貸マンションでは、とくに子どもがいる場合は、どうしても物音などに気をつかわなければならないが、一戸建てはそれほど神経質にならなくていいのもありがたい。

——思いきって家を買って、本当によかった。この場所を選んだことも正解だったな。

奮発《ふんぱつ》して買ったリビングのソファでくつろぎながら、秀俊が胸の中を満足感で満たしていたとき、「あれー?」と背後で声が上がった。振り返ると、娘の英菜が冷蔵庫に頭をつっこんでいる。

「どうした?」

「あたしのプリンがないの。とっておいたんだけど……お父さん、食べた?」

じとっとした目を向けられて、秀俊はあわてて首を横に振《ふ》った。

「じゃあ海翔か」

英菜はすぐさま確信をもった声でつぶやく。

「アイツ、また勝手に! こないだもアイス食べられたし、ほんと、コソ泥《どろ》みたい!」

そう言って、冷蔵庫のドアを強めに閉める。最近の海翔は育ち盛りなのか、学校から帰ったら必ず何かを口にして、そのあと山盛りの夕飯をたいらげ、それでも足りないときはフラフラと冷蔵庫を開けにやってくる。秀俊にも覚えがあるので微笑ましく見ているのだが、とっておいたものを食べられた英菜は少しかわいそうだ。

「今度、仕事帰りに、駅前のケーキ屋さんでプリン買ってきてあげるから、それでガマンしな」

秀俊がそう声をかけると、不機嫌《ふきげん》そうだった英菜の表情がゆるんだ。

「プリン、バニラのやつとチョコのやつ、1個ずつね」

そんな注文をつけるあたりは、澪子に似てちゃっかりしている。

3日後、娘の注文どおりに——もちろん、妻や海翔の分も——プリンを買って帰ると、澪子がなにやら、パントリーをがさごそやっている最中だった。

「どうした？　探しもの？」

「それが、ごはんを炊《た》いておくのを忘れちゃって……。レンジでチンするやつがあったと思ったんだけど、どこにもないの。ぜんぶ食べちゃってたのかな……」

「また海翔が食べちゃったとか？」

「んー、今から炊くしかないかぁ……。ちょっと時間かかるけど、待っててね。よかったら、先にお風呂に入っちゃって」

そこへ、タイミングよくというか、悪くというか、「ごはんまだぁ？」と海翔がやってくる。

秀俊が状況《じょうきょう》を説明すると、「えぇー、マジで？」と、育ち盛りの息子は絶望的な声を上げて肩《かた》を落とした。「海翔が食べたんじゃないのか？」と、秀俊は息子に尋《たず》ねたが、「なんでもオレのせいにしないでよ」と、反抗的な態度で言われてしまった。

秀俊が風呂から上がると、炊き立てのごはんの香りがした。海翔は今日ものすごいスピードで食事を終え、すぐにデザートのプリンを開ける。それを見た英菜が冷たい目をして、「あとでまた欲しくなって、人のをとったりしないでよ」とつぶやいた。

食事が終わって、しばしの自由時間を過ごしたあと、子どもたちはそれぞれの部屋に戻《もど》り、秀俊も澪子とともにベッドに入った。すると、電気を消す前に、「ちょっといい？」と、澪子が声をかけてきた。その表情は、何かを心配するような、不安に満ちた表情だ。

「どうした？」

「ちょっと気になることがあって……。わたしの勘違《かんちが》いなら、それでいいんだけど……」

妻の煮《に》えきらない様子が気になって、「どうした？」と問いを重ねる。澪子は言いづらそうに口を開いた。

「リビングに貯金箱、あるでしょ？　１００円玉貯金してるやつ」

あぁ、と秀俊はうなずきを返す。澪子が言っているのは、リビングダイニングのキャビネットに置いてある貯金箱のことだ。「手持ちに１００円玉があるときに１枚入れる」というユルいルールで何年も続けているゲームのような貯金で、「いっぱい貯まったら家族で遊園地に行こう！」と、目標設定もこれまたユルい。だからこそ続いているのかもしれないし、子どもたちもときどきお金を入れているのを見かける。

「こないだ掃除《そうじ》をしてるときに気づいたんだけど……あの貯金箱、最近、ちょっと軽くなった気がするの」

「え？　それって、中のお金が減ってるってこと？」

「あなたの仕業じゃないでしょう？　ということは、英菜か海翔のどちらかが黙《だま》って……って、わたし、イヤなこと考えちゃってるかな？」

「それはないだろ。2人には毎月、お小遣《こづか》いを渡《わた》してるし、『足りなくなったら相談しなさい』って伝えてあるじゃないか。そもそも、家族みんなで貯めてるお金を黙って盗《と》るような子じゃないだろ、2人とも」

「うん……。でも、何かわたしたちに言えない事情があるなんてことはないかしら。海翔が学校で『お金を持ってこい』なんて言われて、イジメられてるとか……。でも、それを親に言ったら、もっとひどい目に遭《あ》わされるって思ってるのかも……」

「そんな、まさか……。考えすぎじゃないか？」

秀俊がそう言うと、澪子は少し考えるそぶりを見せてから、ネガティブな考えを頭の外へ追いやろうとするかのように、首を横に振《ふ》った。やがて、「そうよね。ヘンなこと言っちゃって、ごめんね」と話を切り上げ、布団にもぐっていった。

翌朝、気になった秀俊は問題の貯金箱を手にとった。最後に持ち上げたのはいつだったかわからないが、たしかに、記憶《きおく》にあるより軽くなっているような気が、しないでもなかった。


ノイズというものは、気づかないかぎりは気にならないが、いったん気づいてしまうと、無性に気になってしまうものだ。

「海翔！　あんた、いいかげんにしてよ‼」

ある朝、英菜のヒステリックな声が聞こえた。何事かと秀俊が洗面所からリビングに向かうと、朝食中の海翔を英菜がにらみつけている。

「あたしが友だちからもらったお菓子、あんた食べたでしょ⁉　ここに置いてあったのに！」

「うっさいなぁ。オレが食べたっていう証拠《しょうこ》を見せてよ」

「あんたしかいないでしょ!?」

「意味わかんねーし。てか、食べられるのがイヤなら、さっさと食べればよかったじゃん。好きな男子がくれたお土産だから食べれなかったとか？　気持ちわり！」

英菜の顔がカァッと赤らみ、「なんで、そのこと……！」と口走る。

「やっぱり、あんたが食べたんでしょ！　あんたの部屋に空き袋がないか調べるからね！」

その一言に対して、海翔は無言の「あっかんべー」を返した。怒りを言葉で伝えるのがもどかしくなったのか、英菜が「このっ……！」と右手を上げる。

「はーい、ストップ」と、そのタイミングで秀俊は子どもたちの間に入った。

「英菜、そこまでだ。海翔も、さっきの言い方はよくないぞ」

「証拠《しょうこ》もないのに、オレがやったって決めつけるほうが悪いんじゃん」

「あんたでしょ!?　ウソつくな！」

「オレじゃないって言ってんだろ！　てゆーか、そっちこそ二度とオレの部屋に入んなよ！」

声を荒《あら》らげた海翔に、「はぁ？」と英菜が眉《まゆ》をゆがめた顔を向ける。

「なによ、『二度と』って。あたしがいつ、あんたの部屋に入ったってのよ」

「何回も入ってるだろ！　勝手にオレのマンガとかゲームとか触《さわ》ったクセに！　わかるんだからな！」

「触ってないよ！　あんたの部屋に入ってもないのに、どうやって触んのよ。そんなことする意味もないし。いいかげんなこと言わないでくれる⁉」

突然勃発《とつぜんぼっぱつ》した姉弟《きょうだい》げんかをなだめるのに、平日の朝の貴重な時間を使うことになってしまった。結局、「お菓子を食べた」「食べてない」と、「部屋に入った」「入ってない」はどちらも水《みず》掛け論《かけろん》のまま平行線で、「そろそろ出ないと遅刻《ちこく》するよ！」と、なかば強引に切り上げさせた。

貯金箱のことをそれとなく子どもたちに尋《たず》ねてみようかとも考えていたが、そんな余裕《よゆう》はなかった。

――家を建ててから、家族の雰囲気《ふんいき》が悪くなっている気がする……。

秀俊が感じた違和感《いわかん》は、そのまま、水野家に居座ることになった。

その日の夜になっても、英菜と海翔はお互《たが》いを「犯人」と思っているようで、ピリピリした空気のままだった。ちょっとしたことをキッカケに、すぐに口げんかに発展しそうになる。

「だいたいあんた、部屋でゲームしながら大声で騒《さわ》ぎすぎなんだよ。こないだなんか、友だち何人も呼んでさ。部屋が隣《となり》なんだから、もっと静かにしてくれない？　勉強の邪魔《じゃま》！」

「ハイハイ、また出たよ、勉強してますアピール。勉強したって成績上がらないんだから、ムダじゃない？」

「あんたより、全然成績いいから」

「ねーちゃんって、ホント性格悪いよなー。学校で友だちいないんじゃないの？　あ、だからオレに友だちがいるのが、うらやましくてしょうがないのか」

「バカじゃないの？　あたしがあんたをうらやましがる要素が、どこにあんのよ。とにかく、サルみたいにギャーギャー騒《さわ》がないで。今度うるさくしたら、ゲーム没収《ぼっしゅう》するよ」

「お父さん！　ねーちゃんがオレのゲーム盗《と》るって言うー！」

それからも、2人の子どもたちは顔を合わせるたびに、同じような口論を繰《く》り返《かえ》した。秀俊や澪子が注意するとその場は収まるが、また、ふとしたことが引き金になって再燃してしまう。子どもたちの目つきや性格までもが、これまでと変わってしまったようだ。そう――この家に住むようになってから。

そんな考えに思い至って、秀俊はひどく落ち着かない気分になった。このままではいけないと、漠然《ばくぜん》としたあせりが胸の中にたまってゆく。どうにかしなければと、秀俊は英菜が風呂に入っている間に、海翔を手招きした。

「海翔。最近、お姉ちゃんとよくケンカするよな。前は、こんなにしょっちゅうケンカなんかしなかっただろ？　せっかく大きな家に引っ越して、自分の部屋もできたのに、イライラしてたら楽しくないだろ。英菜も海翔も、自分の部屋では好きに過ごしていいけど、お互《たが》いがイヤなことはしないようにしないと。ほら、この家に越してきたときにお父さんが話したこと、覚えてるか？『家族全員の家なんだから、みんなで仲よく協力してやっていこう』って言っただろ？　だから、お姉ちゃんともう一度ちゃんと話し合って、仲直りしような」

秀俊がそう語りかけると、「なんで!?」と、海翔がかんしゃくを起こしたように足を踏《ふ》み鳴《な》らした。

「なんでオレにばっか言うの？　ねーちゃんにも謝るように言ってよ！　前も言ったでしょ？　本当にマンガの位置とか変わってたんだから!!　絶対に、ねーちゃんが勝手にオレの部屋に入って、いろいろ触《さわ》ってるんだよ！　ほかにもなんか……いろいろ、ヘンだし」

言語化できないのがもどかしいというように、海翔がシャツの胸をつかむ。秀俊はじっと、息子の言葉を待った。

やがて、海翔がぽろっとこぼすように口にした言葉は、秀俊の腹を鈍《にぶ》く突《つ》き刺《さ》すものだった。

「この家に来てから、なんかヘンになっちゃったよ。こんなになるなら、せまかったけど、前のマンションにいたほうがよかった」

その言葉に、なだめる立場の秀俊がイラついてしまった。

「それじゃあ海翔は、お父さんが家を建てたことが間違ってたって言うのか!?」

秀俊の口から飛び出した大声に、海翔がビクッと肩《かた》をすくめる。おびえた様子の息子の顔に気づいて、ようやく秀俊は、自分があまりにも大人げない反応をしてしまったことに気づいた。

「ご、ごめん、海翔――」

怒鳴ったことを謝ろうとして秀俊が伸《の》ばした手を、しかし、海翔は避《さ》けた。

「お父さんも、ヘンだよ……」

かすかに湿《しめ》って震《ふる》える声《こえ》でそれだけをつぶやくと、海翔は階段のあるほうへ走って行ってしまった。残された秀俊は、自己嫌悪《じこけんお》の気持ちで顔を手でおおった。

家族のためにと思いきって購入した一軒家《いっけんや》だった。なのに、「前のほうがよかった」と子どもに言わせてしまう始末。そして、あろうことか、そう言われたことにカッとして子どもを怒鳴りつけるなんて。いくら、心血を注いで建てた家だからといって、親として情けない対応だった。

怒鳴り声を聞きつけたのだろう。澪子が心配するように、「あなた……」と声をかけてきた。しかし、何も言うことはできなかった。そのとき、英菜が風呂から出てきそうな気配がした。

「……風呂に入ってくるよ」

結局、秀俊は、逃げるように風呂場へ向かった。自分の選択《せんたく》は、決意は、理想は、間違っていたのだろうか。風呂につかっている間も、その思いがぐるぐると際限なく秀俊の頭をめぐっていた。

そして、風呂から上がったところで、神妙《しんみょう》な顔で家計簿《かけいぼ》をつけていた澪子が、ためらいがちに告げてきた。

「一軒家だと、電気代や水道代ってすごくかかるのね。前のマンションに住んでたときよりかかるのかなとは思ってたけど、想像以上……。それに食費も、少し増えてる。みんなで協力して、節約できるところは節約していかないといけないわね。英菜も海翔も、これから受験でお金がかかるんだから……」

はぁ……と、澪子が疲弊《ひへい》した吐息《といき》を家計簿の上にこぼした。

「さっき海翔が、『前のマンションにいたほうがよかった』って言ったでしょう？　わたしたち、家族のためを思って『この家を建てる』っていう決断をしたわよね。その判断を間違いだとは思いたくないけど……。わたし、海翔の気持ちもわからなくないの。子どもたちはピリピリしたままだし……念願のマイホームだったはずなのに、本当に正しい決断だったのか、わからなくなってきたわ」

その言葉を、秀俊は重く重く受け止めるほかなかった。

週末、気分が晴れないまま、秀俊は休日出勤で会社にいた。さすがに休日なので、「今日は早めに帰りたい」と思った昼過ぎ、澪子から突拍子《とっぴょうし》もない電話がかかってきた。

「家が燃えてるの!!」

――買い物から帰ったら家が燃えてて、とにかく燃えてて。早く帰ってきて!! すごく燃えてるの! わたしたちの家が、燃えてるの!!

要領を得ない澪子との電話を切り、わけもわからず秀俊は電車に飛び乗った。最寄りの駅から自宅に向かって走っていると、途中《とちゅう》で焦《こ》げ臭《くさ》さが鼻をついた。それは、自宅に近づくにつれて強くなり、さらには、住宅地の一画から黒い煙《けむり》が昇《のぼ》っているのが目に入った。ぞぞぞと、背中を虫が這《は》うような悪寒《おかん》が走る。

「うそだろ……っ!」

祈《いの》る思いで住宅地を全力で走った秀俊だったが、その祈りは届かなかった。

黒い煙を吐《は》き出《だ》しながらごうごうと音を立てて燃えているのは、建てたばかりのわが家だった。

「そ、んな……そんな……っ!」

現場にはすでに多数の消防車が到着して、消火活動が行われていた。しかし炎《ほのお》の勢いは強く、家の焼ける黒い煙と、ホースからまかれた水が蒸発して上がる白い水蒸気とが混じり合って、体験したことのない熱波と息苦しさだ。「下がって! 下がってください!!」と、現場に駆けつけた警察官が野次馬《やじうま》たちに叫《さけ》んでいる。

「なんで、こんな……」

理解が追いつかず、愕然《がくぜん》と立《た》ち尽《つ》くしていた秀俊は、グイッと腕《うで》を引かれてよろめいた。そこに立っていたのは、澪子だった。

「澪子！　おまえは無事なんだな!?」

ひとまず妻を抱《だ》きしめて無事を実感してから、「子どもたちは!?」と問いただす。すると澪子は、震《ふる》えるように首を横に振《ふ》った。その意味が、とっさに秀俊にはわからない。

「2人とも、家にいたのか？　出かけているのか？」

澪子はふたたび、首を横に振るばかり。涙《なみだ》を浮《う》かべた目もとを両手でおおってしまった。

今日は休日。秀俊は仕事の都合で朝早くに家を出たので、子どもたちの今日の予定を知らない。家で過ごしていたのか、外へ遊びに出たのか。

秀俊はすぐさま、英菜のスマホに電話をかけた。しかし、つながらない。海翔にはまだ早いからと、スマホは持たせていないので、連絡のとりようがない。

「2人とも、どこにいるんだ……！」

それからほどなく、水野家を包んでいた炎は消えた。あとに残ったのはむせ返るほどの水蒸気と、大量の黒い残骸《ざんがい》ばかり。秀俊が覚悟《かくご》を決めて購入したマイホームは跡形《あとかた》もなく、燃《も》え尽《つ》きてしまった。

呆然《ぼうぜん》とする秀俊の耳に、さらに信じられない言葉が飛びこんできた。

——焼け跡から、2人の遺体が発見された。

消防隊の言葉だったのか、警察の言葉だったのか、それすらも秀俊にはわからない。

——「2人の遺体」？　あの子たちは、家にいたのか？　あぁ、なんてことだ！　いったい、どうして出火したんだ？　キッチンで火を使うときは、くれぐれも気をつけろと言ったのに。いや、そんなことはいい。なんで2人が……。家なんてどうでもいい、頼《たの》むから2人を返してくれ!!

「お父さん？」という声が聞こえたのは、次の瞬間だった。殴《なぐ》られてのけぞるような勢いで振《ふ》り返《かえ》った秀俊は、そこに恐怖の表情を浮かべて立つ2人の子どもたちの姿《すがた》を見た。

「お、おまえたち、無事だったのか!?　あぁぁ、ありがとう……生きていてくれて、本当に……!」

その先の言葉は泣き声にまじってしまって、もはや言葉にはならなかった。秀俊は、同じように涙を流す妻と一緒に、かたく子どもたちを抱きしめた。

そうして、ようやく落ち着いてから、改めて2人に言った。

「とにかく、英菜も海翔も、無事でよかった……！　2人とも、出かけてたのか。お父さん、英菜のスマホに何度も電話したんだぞ？」

「家に忘れちゃって……。それより、何があったの？　あたしたちの家は……？」

両親の顔と、今は黒い残骸《ざんがい》となったわが家を見比べて、英菜と海翔は不安げに声を震《ふる》わせた。

しかし、秀俊にも「わからない……」としか答えられない。

「みんなの留守中に、火事になったみたいで……。火は消えたけど、お父さんにもお母さんにも、よくわからないんだ」

そこまで言ったところで、先ほど耳に入ってきた言葉が違和感となって秀俊の頭をよぎった。

――「焼け跡から、2人の遺体が発見された」？

……待ってくれ。それは誰の遺体だ？　妻も2人の子どもたちも、外出していて無事だった。ならば、わが家から遺体が見つかるはずはない。

火事場の空気は酸素がうすい、などということはないだろうが、そのとき秀俊はたしかな息苦しさを覚えた。

そのとき、「すみません、この家の方で間違いないですか?」と、横から声をかけられた。

相手は、警察官の制服を着ていた。

「は、はい……。そうですが……」

「火災の原因は、これから調査します。お住まいだった方は、みなさん、おそろいですか?」

「はい……妻も子どもも、わたしも外出していたので……」

「そうですか。みなさん、ご無事でよかった。ただ、そうすると、ひとつ大きな疑問が……」

そう言って、警察官は澪子と子どもたちをチラリと見た。意図に気づいた秀俊は、「ちょっと話してくる」と、警察官とともに家族から離《はな》れる。

他人の耳がない場所で、警察官は深刻な表情で秀俊に告げた。

「じつは、火災現場から2人の遺体が発見されました。身元はまだわかりませんが、その2人に覚えはありますか? ……なるほど、覚えはない、と。そうですよね、驚《おどろ》きますよね。推測ですが、遺体が発見された場所から、2人は屋根裏にいたと思われます。そこから、ポータブルのガスコンロや食品の空き袋、布団と思われる残骸なども見つかっています。出火の原因も、そのポータブルのガスコンロがなんらかの原因で爆発《ばくはつ》したのではないか、と。もちろん、留守中に忍《しの》びこんだ空き巣の可能性もありますが、もしかしたら――これは非常にまれなケースですが――みなさんの気づかないうちに何者かが侵入《しんにゅう》して、屋根裏に住みついていたのではないかと。単に寝床《ねどこ》がわりにしていたのか、あるいはもっと恐ろしい目的があったのか、真相はわかりません。最近、家の中で不審《ふしん》なことはありませんでしたか？　たとえば、ものがなくなったりとか、家族以外の人間の気配を感じたりとか……」

警察官の言葉が、これまでに生じた小さなひずみを埋《う》めていく。

消えた食料、軽くなった貯金箱、以前よりかさんだ水道代に電気代……。それらが気のせいでも、子どもたちのせいでもなかったのだとしたら？　小銭や食料を、家族が留守にしている間や、寝静《ねしず》まっている間なんかに少しずつ盗《ぬす》まれ、水道から水を飲まれ、シャワーやトイレを勝手に使われていたのだとしたら？　それらはいったい、誰が？　なんのために？

ぞぞぞぞっ……と、大量の虫が這《は》うような悪寒が、秀俊の背筋を駆《か》け抜《ぬ》ける。

マイホームに詰《つ》まった夢は、とんだ「悪夢」だったのかもしれない。しかし、その「悪夢」までをも、すべて業火《ごうか》がのみこんで、あとには何も残っていない。「真相」は、マイホームとともに燃《も》え尽《つ》きた。

（作　桃戸ハル、橘つばさ）

予感

深い谷をへだてた小さな山の斜面《しゃめん》に、ぽつぽつ新緑が目立ちはじめ、その山肌《やまはだ》に明暗の模様をつくりながら、いくつかの雲の落とす影が動いている。遠く近く、早春の褐色《かっしょく》の山の起伏《きふく》がつらなり、それと明るくみずみずしい真青な空との対照は、美しいといえば美しく、和《なご》やかといえば和やかな景色だった。しかし、今の彼には、そんな景色を楽しむ余裕はなかった。

山腹を削《けず》りとって作られた、つづら折りの坂道。その坂道をのぼってゆく、大型バス。彼は妻と並んでその座席に揺られていた。妻はキャラメルをほおばり、幼いころのピクニックの話をしている。その声が、なんだか水の中で聞いているような気がするのは、つまりそれほど標高のたかいところに来たせいなのだろうか。

「耳が痛いの？」

「いや。ただボワーンとしてるだけさ」

彼は苦笑して答えた。だが、気がかりはそんなことではなかった。

彼は、自分が一種の予感の能力をもっていると信じていた。少し先の未来の吉凶《きっきょう》が予知できるのである。それは、ふいに背すじに走り下りる、しびれるような短い戦慄《せんりつ》で彼に報じられる。その戦慄の微妙《びみょう》な差で、彼は、それが吉兆《きっちょう》か凶兆《きょうちょう》かを区別するのである。

その警笛《けいてき》が、じつはさっきから背中で鳴りつづけているのだ。

入学試験のとき、入社試験のとき、そして妻とはじめて会社のそばの喫茶店《きっさてん》で出逢《であ》ったとき――。もっとも、このときは全身がガタガタと震《ふる》えつづけ、吉か凶かの差違がよくわからなかったが――。ともあれ、かならずこの戦慄が、吉凶の結果を彼にあらかじめ教えるのだ。

でも、妻はそれを信じない。信じないどころか笑いとばし、しまいには怒りはじめる。それは、彼のプライドをたいへん傷つけることだったが、彼は我慢《がまん》をして、近ごろでは、なるべくその予感を口に出さないようにしていた。予言者というものは、孤独《こどく》なのだ。

――でも、でも……。

幾重《いくえ》にも屈折《くっせつ》する道を、大型のバスはあえぐようなエンジンのうなりをあげ、かなりのスピードで坂道にかじりつくように登ってゆく。窓ガラスに青空が旋回《せんかい》して、タイヤからはじけとぶ小石が弧《こ》を描《えが》いて音もなく崖《がけ》の下に吸いこまれる。……もう、黙《だま》っていることはできない。彼は立ち上った。

「降りよう、このバス」

「なんですって？」

妻はぽかんとした。

「危いんだ。ほら、あの例のやつで僕にはちゃんとわかる。きっと、このバスは転落する。僕たちには、死の危険があるんだ」

「また、バカを言って……」

妻は真っ赤になり、彼の服をつかんだ。

「やめてよ、へんなこと言わないで」

「信じられないのはわかってるよ。でも、一度ぐらい信じてくれ」

また戦慄《せんりつ》が走り落ちて、恐怖《きょうふ》が、彼の全身をつかんだ。

「ほんというと、昨夜からなんだよ？　君に言うと、せっかくの旅行にケチをつけるとかなんとか、また怒るから黙っていたんだ。でも、もう我慢《がまん》できない。今日、このバスに乗るまでに三回。乗ってからは、ひっきりなしに背中がゾクゾクしつづけているんだ。こんなひどいのははじめてだ。とにかく、絶対にこのバスはよくない。転落する」

「あなた、風邪じゃないの？　熱に浮かされて変な夢を見ているんだわ」

「ちがう。ちがうから！」

彼の大声が耳に入ったのか、露骨《ろこつ》に不機嫌《ふきげん》な顔をした運転手が振《ふ》り返《かえ》った。

「私の運転が、信用できないっていうんですか？」

「いや、いや」

あわてて彼は言った。

「僕は事故をおそれているんだ。どんな事故かわからないし、みんなにたいして関係がないかもしれない。しかし、僕らには、生命の問題だという気がする。僕の予感は正確なんだ」

「もう少しですよ、小猿峠《こざるとうげ》までは」

「かまわない！、かまわないから降ろしてくれ、僕たちは歩いてゆく」

中年の運転手は、あきらかに怒っていた。

「よし、じゃ降りてください。ほかのお客さん方に迷惑だ」

バスは止まり、彼と妻を降ろして出発した。乗客たちは、それぞれのおしゃべりをつづけながら、荷物を赤土の道に置き、真っ赤な顔でさかんに口論をつづけているこの若い夫婦を、バスの後方の窓から眺《なが》めた。

バスはすぐカーブを切り、二人の姿《すがた》は赤茶色の崖《がけ》の斜面《しゃめん》にかくれた。

次の日。……新聞は、次のような記事をのせた。

『――昨日午後二時ごろ、小猿峠付近で××観光の大型バスが、運転手のハンドル操作ミスで崖《がけ》から転落した。さいわい一段下の道に落ちただけで止まったので、乗客に死者はなかった。だが、下の道を歩いていた一組の夫婦がバスの下敷《したじ》きとなって即死。この夫婦は、その少し前にこのバスから降りたところだった……』

（原作　山川方夫　翻案　蔵間サキ）

＊表記・表現を原作と変更した箇所があります。

ドラマ原作

長年の夢がついにかなった。子どものころから人気マンガ家になることを夢に見続けて、二十数年。樋口《ひぐち》モトキは、ついに大手出版社のマンガ新人賞で大賞を受賞したのだ。その読み切り作品をさらにふくらませた連載が週刊誌で始まり、モトキは一躍《いちやく》、人気マンガ家の仲間入りを果たした。血のにじむ思いで描《か》き上《あ》げた作品は大好評だ。

「先生！　コミックスも増刷が決定です！」

「ウチでも連載をお願いします！」

あらゆるマンガ編集部の編集者たちに、モトキはもみくちゃにされた——というあたりで目が覚めるのが、いつものお約束である。

「あぁ、またこの夢か……。はぁ……。いっそのこと、ずっと夢の中にいたいよ。お金もかからないし……」

未練がましく両手で頭をかきむしりながら、身動きするたびにギシギシと安っぽい音を放つシングルベッドを出る。部屋は、30を超えても定職についていない人間にはこれが精いっぱいという、築浅《ちくあさ》でもないワンルームだ。

「マンガ家」というのは資格が必要な職業ではないので、極論、「俺はマンガ家です！」と言ってしまえば、その肩書《かたがき》を得ることはできる。昨今はとくに、商業誌でなくても電子書籍やSNS、マンガ投稿サイトなど、いくらでも発表の場があるので、そういう場で一作品でも発表していれば——あるいは発表を目指して創作活動を行っていれば——まったく虚偽《きょぎ》の肩書というわけでもない。しかし、そのことと、マンガを仕事にして暮らしていけるかは、まったくの別問題である。理想を言えば、モトキが目指している「マンガ家」には、「売れっ子の」という修飾《しゅうしょく》がつくわけだ。

モトキはこれまで、SNSや投稿サイトを通して短編のオリジナルマンガを何本か発表してきた。しかし、ちらほらと一般ユーザーのコメントやリアクションがついただけだ。出版社の新人賞に応募《おうぼ》したこともあるが、それには一度も反応がなかった。つまりは、すべて一次選考で落ちているということだ。「売れっ子」になれる兆《きざ》しはなく、今はアルバイトで食いつなぐ毎日である。

それでも、あきらめなければチャンスがめぐってくるかもしれない……という、七夕の笹飾《ささかざ》りに託《たく》すようなささいな希望に、今でも必死にすがりついている。

「いつか絶対、アニメ化されるようなマンガを描《か》いてやるんだ」

夜中、何も描かれていない原稿用紙をにらみながら、モトキは唇《くちびる》を噛《か》みしめた。誰かに依頼《いらい》されたわけではない。これから描こうとしているのは、完全に自己満足のマンガだったが、「俺だけは自分の才能を信じていたい」と、モトキは思っていた。


そんな想いが結実したのか、ある日、モトキのスマホに1本の電話がかかってきた。

「あ、突然《とつぜん》すみません、樋口モトキさんのお電話でよろしいでしょうか？　ワタクシ、ネオジェネシス企画というドラマ制作会社の、ジングウジと申します」

コンビニで買った発泡酒《はっぽうしゅ》を自室で飲んでいたモトキは、左手に缶《かん》を持ったまま、右手のスマホに「はぁ……」と生返事を返した。相手は気にした様子もなく、快活に、そして口早にしゃべり続ける。

「あぁ、よかった。急にすみませんねぇ。ワタクシ、先日開催《かいさい》された『コミックフェスティバル東京』の即売会《そくばいかい》で、樋口さんの作品集を購入させていただきまして……」

「えっ、コミフェスで？」

コミックフェスティバルは、プロ・アマ問わず多くのマンガ家が自身の作品を発表、販売することのできる大規模な即売会である。たしかにモトキは、そのイベントに出品していた。これまでに描きためた読み切りマンガを何本かまとめて収録した作品集だが、5、6冊ほど売れていたはずだ。このジングウジという男は、購入者のうちの1人なのだろう。

まさか「読者」から電話がかかってくるなんて……と、モトキが呆然《ぼうぜん》と考えていたとき、「今日お電話いたしましたのは」と、電話の向こうで男が口を開いた。

「じつはワタクシども、樋口さんのマンガを、ドラマで使わせていただきたいと考えているんです」

「ドラマ？」

「アニメ」ではなく「ドラマ」というのが意外だったが、よくよく考えてみれば、モトキの作品は日常生活を題材にしたものなので、特撮《とくさつ》や大がかりなセットが必要ない。案外、実写ドラマとは相性がいいのかもしれない。

「樋口さん、作品のドラマ使用は、ご興味ありませんか？」

弱いアルコールの入っていた頭が、一瞬《いっしゅん》で覚醒《かくせい》する。発泡酒の缶《かん》を放り出すように置いて、「ありますっ！」と叫《さけ》びながら、モトキは思わずその場で立ち上がっていた。

「あのっ……！　つまり、俺のマンガをドラマに使ってもらえるってことですかっ？」

上ずりそうになるのをこらえながら、電話の向こうにいる相手に聞き返す。「簡単に言えば、そのとおりです」と、ドラマ制作会社のジングウジを名乗る男は、軽快に答えた。

「樋口さんの作品を拝見しまして、今ワタクシたちが考えているドラマの構想や、ターゲットにしたい視聴者層に、ピッタリ合うと感じました」

「あの……ドラマ化ということは、作品の内容もドラマ用に、だいぶアレンジされるんでしょうか？　あ、それが嫌《いや》だとかってことではなくて、ただ好奇心《こうきしん》で聞きたいだけなんですけど……」

「いえ、とくに作品を大きく変えることは考えておりません。ただ、何か懸念《けねん》があるなら、お断りいただいても――」

「いえ、問題ないです！　ぜひ使ってください!!」

相手の声にかぶせるようにして、モトキは叫《さけ》んでいた。

――とうとうチャンスがめぐってきた。それも、特大級のチャンスだ！

スマホを握《にぎ》る手に力がこもる。からっぽの左手ににじんできた汗《あせ》を、モトキはシャツのすそでぬぐった。

「アニメ化」が理想ではあったが、とにもかくにも、映像化の話はありがたい。実写ドラマは「絵」がないぶん、一歩ひいた立場から視聴者として楽しめるかもしれないし、映像化されて話題になれば、その原作マンガも注目されるだろう。現実的なことを言えば、最近めっきり寂《さみ》しくなってしまったフトコロも温まるに違いない。これで人気が出て、商業誌からも連載《れんさい》の依頼《いらい》が……という話になれば、アルバイト生活を脱却《だっきゃく》することすら夢ではない。

「よろしくお願いします！　ドラマの内容は、その道のプロにお任せします。ボクが口を出すようなことはありませんので」

その後、「コミフェスで販売していたものと同じ作品集を20冊ほど追加で送ってほしい」と言われた。宛名《あてな》を聞くと、ジングウジは「神宮寺」ではなく、「神宮司」と書くらしい。やはり華《はな》やかな芸能業界、シャレた名前の人がいるもんだなぁと、モトキは思った。

「ありがとうございます。助かります。もちろん、着払いで結構ですので。それからもう一点、恐縮《きょうしゅく》なお願いなんですが……じつは、1日だけでいいので、樋口さんに撮影《さつえい》にお越《こ》しいただきたく思っております。樋口さんにカメオ出演していただければと考えておりまして」

「え？　カメオ出演、ですか？」

「たまにドラマで見ませんか？　作者などが、チョイ役でサプライズ登場したり、覆面出演《ふくめんしゅつえん》することなんですけど、ああいう感じで樋口さんにも出ていただけたらなぁと考えておりまして。もちろん、樋口さんがおイヤでなければですが」

「か、考えておきます」

自分がドラマに出るかもしれない。そう考えると、にわかに緊張《きんちょう》する。演技なんて、したことがない。

そんなモトキの緊張を読みとったように、神宮司は笑いながら言った。

「大丈夫《だいじょうぶ》ですよ。出演していただくとしても、セリフや難しい演技のない、簡単な役になると思いますから。ご出演については、また改めて相談させてください。それでは、ひとまず作品集のご送付、よろしくお願いいたします」

その言葉を最後に、電話は切れた。無音になったスマホをにぎる手が、小刻みに震《ふる》え始める。興奮が大きすぎると、人間の脳はまったく別なことを考えてしまうらしい。今、モトキの頭の中を占《し》めているのは、原作のことではなく「差し入れ」のことだった。

――作者が撮影現場《さつえいげんば》に行くときって、差し入れを持ってかないといけないのかな？　でも何を、いくつくらい買えばいいんだろう？　お金、足りるかな？　月末だとキビシイなぁ……。

「――って、その前にまずは作品集を送らないと！」

自宅にあった作品集を適当な段ボール箱に詰《つ》めたあと、スマホで調べたドラマ制作会社の住所と「神宮司」の名を、運よく家にあまっていた、宅配便のラベルに書きつけた。それを抱《かか》えて最寄りのコンビニに駆《か》けこみ、「急ぎでお願いします！」と――明日には先方に到着することを確認して――発送する。これで明日には神宮司が目を通してくれるだろう。

――信じられないけど、本当に俺の作品がドラマ化されるんだ。マンガ家《か》として中途半端《ちゅうとはんぱ》にくすぶっていた俺も、そして俺の作品も、ついに日の目を見るときがきたんだ！

コンビニから戻《もど》ったあとも興奮は続き、その夜はなかなか寝《ね》つけなかった。

ふたたび神宮司から連絡があったのは、「あの電話は本物だったのだろうか？　もしかしたらイタズラだったんじゃ……」とモトキが疑い始めた、3ヵ月後のことだった。ようやく撮影日が決まったのだという。口頭で伝えられた撮影日と撮影現場を、モトキはメモした。

ついにこの日がきたんだと、モトキはうるさいくらいに激しい自分の鼓動《こどう》を聞きながら、またしてもなかなか寝つけない夜を過ごした。

何台ものテレビカメラに囲まれて、モトキは役になりきっていた。いや、「なりきる」必要もない。本人役でこそないものの、モトキに与えられた役柄《やくがら》は、おそろしいほどにモトキと同じ境遇《きょうぐう》だったからだ。

セリフはほとんどないため、台本は渡《わた》されなかった。複雑な動作も必要ないという。モトキに与えられた役割は、その場で指示された短いセリフを口にするだけだ。

「あんたさぁ、これ、自分でおもしろいと思ってる？　これが読者に喜ばれるって、本当に信じて描いてるの？」

圧の強い印象の俳優が、トン、トンと指先で机を叩《たた》く。正確には、その机の上にのっているモノを。

あまりの迫力《はくりょく》に、モトキは思わず、「すみません……」と、与えられてもいないセリフを口走るところだった。そのタイミングで、怒りと侮蔑《ぶべつ》、あきらめと憐《あわ》みをすべて混ぜたような表情で、モトキの目の前の俳優が「はぁ……」とため息をつく。

「だめだめ。ぜんぜん話にならない。こんなマンガ、読まされるだけ苦痛だよ。わかったらさっさと持って帰って。こっちもヒマじゃないんだから」

そう言った編集者役の俳優が、机の上に広げられていたモノを大ざっぱにまとめて、つかみ上げた。かと思うと、それをモトキに向かってバサッと投げ捨てるように突《つ》き返《かえ》す。

バサリとモトキの足もとに落ちたのは、モトキが魂《たましい》をこめて描《か》いた——そして、神宮司から頼《たの》まれて送付した、マンガの作品集だった。

モトキの「読まされるだけ苦痛」なマンガは、こうして、ドラマの小道具として使われることになった。

「夢をあきらめきれないマンガ家志望の中年男」という役どころとして、モトキの背中はカメラに映っていた。罵倒《ばとう》されているのは「マンガ家志望の中年男役」なのか、それとも「樋口モトキ」なのか、それすらも判然としない撮影時間に、モトキは心をえぐられ続けた。
その犠牲と引《ひ》き換《か》えにモトキのもとに残ったのは、わずかばかりの「エキストラ出演料」と、差し入れとして買ったものの、渡すタイミングを見つけられなかった「50個のシュークリーム」だけだった。

(作 桃戸ハル、橘つばさ)

ラストオーダー

暑い夏の日だった。

うねうねと蛇行《だこう》する行列に並んでいた私は、しばらくののち、ようやく店の中へと招かれた。

「おひとり様でしょうか」

案内係の店員が、うやうやしくたずねる。「ふたり」と言いかけた声を、すんでのところで呑《の》み込《こ》み、「ああ」と簡単に答えた。

——今日は、妻と一緒ではなかったな。

案内されたひとり掛《か》けの席へ腰を下ろす。テーブルの上には、メニューのようなものは、いっさい置かれていない。

不安がよぎったが、すぐうしろの席へ、Tシャツ姿の小さな少年が通されたのを見て、内心でほっと息をつく。

しかし、なにをどうしたものだろう。こういうことはいつも妻まかせで、勝手もよくわからない。ためらっていると、案内してくれたのとは別の店員がスッと隣《となり》へ立った。

「ラストオーダーとなりますが、いかがなさいますか」

「ラストオーダー？　もうか」

驚《おどろ》いて私が見上げるも、店員は特に意に介した様子もない。

「そう言われてもな……メニューはどういったものが？」

「どんなものでも、なんなりとお申しつけくださいませ」

「なんでも？」

「ええ」

——なんでも？

胸《むね》のなかで、ひとり繰《く》り返《かえ》す。「なんでも」とは、どういうことだ。

メニューを置いていない店だって、ふつう、オーダーが自由にできるということはないだろう。そんなことを言ってしまって、客が無理難題をふっかけてきたら、いったいどうするというのか。

店員を隣に立たせたままで何も言えずにいると、すぐうしろから元気な声で、

「ぼく、ママのチーズハンバーグ！」

と、無邪気《むじゃき》そのものの、無理難題が飛び出した。

「なんでも」と言ったからには、こんなふうに、額面《がくめん》どおり「なんでも」頼んでしまう相手が出てきても、当然と言える。

私は店員に「少し考えさせてください」と告げて一度テーブルを離れてもらうと、そっと背後へ聞き耳をたてた。

はたして、どう対応するのか。

けれど、うしろのテーブルを担当しているらしい店員は、男の子のオーダーに「かしこまりました」とはっきり答え、そのまま下がっていってしまった。そうして少しも経たぬ間《ま》に、うしろのテーブルへと舞《ま》い戻《もど》った。

「お待たせいたしました」

店員の声とともに、少年の元気な声と、テーブルに料理をサーブするかすかな音が聞こえ、すぐにカチャカチャと、皿とカトラリーの触れ合う幼い音が続く。

どうやら少年は、特に不平もなく食事をしているらしい。

「ハンバーグはどうだい？」

私は我慢《がまん》できずに振り返り、少年にたずねた。彼は突然の問いに驚く様子もなく、ハンバーグを口いっぱいに頬張《ほおば》ったまま、笑顔で言った。

「おいしいよ！　やっぱりママのハンバーグがいちばんだもん！」

ちらりと視線を落とすと、皿の中のハンバーグは、見るからにレストランで提供されるそれとは趣《おもむき》が違っている。ケチャップのかかった、家庭的なハンバーグだった。彼の家のハンバーグを見たことはもちろんないが、これがきっとそうなのだろうと思える、温かみのある一皿だった。

まさか、そんなことが、本当に……？

半信半疑《はんしんはんぎ》のまま、けれど私は片手を小さく上げて店員を呼んだ。

「……妻の握《にぎ》り飯《めし》を」

ぼそりと言うと、店員は少年のときと同じように、「かしこまりました」と小さく礼をして下がっていく。

ほどなく、店員は盆《ぼん》を片手に戻ってきた。

「お待たせいたしました」

ことり、と目の前に皿が置かれる。

小振《こぶ》りで、丸が少し角張ったくらいの、緩《ゆる》やかな三角のフォルム。惜しげもなく焼き海苔《のり》を巻いた、真っ黒な姿《すがた》。妻の握《にぎ》り飯《めし》だった。

震《ふる》える手で、私はそれを口元に運ぶ。

「パリ」と「しな」のあいだくらいの海苔を割って、つやつやの飯の真ん中に、昆布《こんぶ》が現れる。妻が煮《に》つけた、甘じょっぱい味が口いっぱいに広がっていく。昆布は嫌《きら》いだったが、この昆布だけは、いつも美味《うま》かった。

——ああ、そうか。

懐《なつ》かしいその味をひとくち噛《か》みしめるたび、忘れていた様々なことが頭の中へ甦《よみがえ》る。

あっという間に握り飯を平らげると、私は静かに席を立った。うしろのテーブルは空いていて、少年はすでにいなかった。

「ありがとう」

ドアの前に立つ店員へ声をかけると、やはり丁寧に腰《こし》を折った店員は、

「こちらを」

と、1枚のチケットを手渡してくれた。もう一度礼を言い、店を出る。カラン、とドアベルが鳴った。

いつぶりだろうか、妻の握り飯を食べたのは。

もうずっと、ちゃんとした食事なんて摂《と》れる状態ではなかったし、二度と食べることはできないだろうと思っていた。

「最期に食べるなら、松阪牛《まつざかうし》のステーキだ」なんて、酒の席で話題に上がるたび息巻《いきま》いていた自分を思い出して、くすりと笑う。

「ラストオーダーは、君の握り飯だったよ」

遺《のこ》してきた妻をまぶたの裏へ浮かべ、ひとりつぶやくと、私は黄泉《よみ》行きの舟着き場へと足を踏み出した。


（作　高野ユタ）

取《と》り戻《もど》せないもの

たしかに愛して結婚したはずなのに、今となっては、そのとき何を考えていたのか、よく思い出せない。

今朝もだらしないパジャマ姿《すがた》のまま寝室から出てきて、ボリボリと腹をかきながら大あくびを連発している夫に、私は激しい嫌悪感《けんおかん》を抱いた。若いころは、「寝ぼけてぼーっとしている様子もかわいい」なんて思っていたけれど、そんな自分の感受性が心の底から信じられない。

今朝も夫は、あくびまじりに「おはようー」と言いながら食卓《しょくたく》についた。私が用意したトーストに目玉焼きをのせてかぶりつき、裂《さ》けた半熟の黄身をパジャマにこぼしてしまう。

「あー、やっちゃった」

たいして慌《あわ》てた様子もなくつぶやく夫の声に、私はまたイライラした。こぼした黄身をティッシュでぬぐおうとして、黄色いシミを広げてしまう。夫はそれを見て、だんごっぱなをスンと鳴らし、「ありゃりゃー」と間の抜《ぬ》けた声《こえ》をこぼす。

あぁ、イラつく……。そのパジャマを洗濯《せんたく》するのは、誰だと思っているのだろう？

今なら、ハッキリと言える。「あばたもえくぼ」という言葉があるけれど、あれはただの錯《さっ》覚《かく》だ。「あばた」はしょせん、「あばた」でしかない。そのことを、私は結婚15年目にして、歯がきしみそうなくらい強く噛《か》みしめている。

四十路《よそじ》を越《こ》えてたるんできた腹を「やせなきゃなぁ」とさすりながら、けれど実際には少しもやせようとしていないところも。朝に弱いというのを言い訳にして、仕事に出かける準備をいつもダラダラしているところも。仕事から帰ってきてビールを飲み、隠《かく》そうともせず盛大なゲップとオナラを同時に放つところも。夫の枕《まくら》にできたヨダレのシミも、ブラシに絡《から》まったまま放置されている髪《かみ》の毛も、そういう夫の「痕跡《こんせき》」でさえ、心底、嫌で嫌でたまらない。

そんな夫が目の前にいると、夫より年上のはずの職場の上司が何倍も魅力的《みりょくてき》な人間に思えてくる。

「だいぶ薄《うす》くなってきちゃったから、いっそと思ってね」

そう笑いながら、丸刈《まるが》りにした頭をなでる姿からは潔さを感じるし、その手指の爪《つめ》はいつも短く整えられていて、清潔感がある。たまにランチをごちそうになっても、こぼしたりゲップしたりなんていう姿は見たことがない。それに上司は、夫と違って出世頭だ。

そんな夫との生活に限界を感じ――そして、ある決断をした。

その日、私が22時を回って仕事から帰ると、玄関《げんかん》にはすでに夫の靴《くつ》があった。つま先が家の中を向いている。私はまたイライラを押《お》し殺《ころ》しながら、つま先が外を向くように夫の靴をそろえ直してから、家に入った。

「ただいま」とリビングに入ると、「おかえりぃ」と、間延びした声が返ってきた。パンツにTシャツのみという、この時季お決まりの「だらしなさ200点満点」の格好をした夫が、ソファでくつろいでいる。その見苦しさに深いため息がこぼれた。

それを聞きつけたのか、夫が振《ふ》り返《かえ》る。

「仕事、大変だった？　仕事なんて、適当にやればいいのに」

妻の仕事の事情も知らない的外れもいいところな言葉に、私はめまいを覚えた。やっぱり、もう限界だ。これ以上は、こっちの心がもたない。

「柊人《しゅうと》は？」

「もう部屋で寝《ね》てる。ママに会いたがってたよ」

その言葉に、一瞬《いっしゅん》、心がぐらついた。けれど、息子が眠《ねむ》っているのは幸いだ、と思うにとどめて、私はあらかじめ準備しておいたものをカバンから取り出すと、夫に「これにサインして」と突《つ》き出《だ》した。離婚届《りこんとどけ》だ。もちろん、私が書くべき欄《らん》への記入も押印《おういん》もすんでいる。

厚ぼったいまぶたを持ち上げて、ぼんやりとした顔でそれを見た夫は、やっぱりぼんやりとした声で、「えっ……ええっ？」ともらした。そのニブイ表情にもイラッとして、受け取られなかった離婚届を、バシッと夫の胸に叩《たた》きつける。

「悪いけど、もう限界なの。あなたとの生活がストレスでたまらない」

「そんな、なんで急に……！　僕に何か悪いところあった？　もしかして、誰かほかに好きな人ができたとか？」

さっきまで「限界」だと思っていた状況は、まだまだ天井ではなく、さらに上には上ならぬ、下には下があった。この人は、自分に原因があるとは、露とも思わないようだ。私は、説明などはすることなく、ソファの反対側にあるキャビネットからボールペンを取ってきて、「ほら、書いて」と、夫に突きつけた。夫はぼんやりしたままボールペンを手にしたが、なかなか離婚届に向き合おうとはしない。

「待ってよ、志帆《しほ》。いま、こんな格好だし……」

「サインするだけなのに、格好なんて関係ないでしょ。それに、そんな格好でダラダラしているところが、本当にもう無理なの。私、ずっと我慢《がまん》してきた。だけど、もう限界！　あなたのすべてが我慢できないの‼」

「そんな……」とつぶやいた夫は、おどおどとした目線を離婚届《りこんとどけ》に向けた。キョロキョロとよく動く目が、私の書いた文字を追いかけているのがわかる。と、やがて夫が左手の親指の爪《つめ》を噛《か》み始《はじ》めた。考え事をするときのクセだ。これも、ちっとも直らない。爪を噛むのは不衛生な行為《こうい》――つまり、夫は不衛生な人間ということだ。ぞわっと、また嫌悪感《けんおかん》が湧《わ》いてきて、私は夫から目をそらした。

「やっぱり好きな人ができたんじゃない？」

背後から飛んできた言葉に、私は耳を疑った。

「はぁ……？」

「それで原因が僕にあることにしたいのかなって……」

あきれて言葉も出なかった。ニブいというか、ズレているというか——反省して自分が成長することより、他人のせいにして、自分を守ることばかり考える態度も、ウンザリだ。

けれど、私があきれて黙《だま》っているのを、夫は「肯定《こうてい》」と受け取ったらしい。「そっか、そういうことか」と、勝手に納得してうなずいている。否定する気力も根こそぎそがれて、私は両手で顔をおおった。離婚届に判を押してくれるなら、もうそういうことでいいわ、という投げやりな気持ちになってくる。

「サインしてくれる？」

少し強めた口調で押し切ると、夫はようやく——もう関係は修復できないと悟《さと》ったのか——離婚届をリビングテーブルに置いて、ペンを走らせた。私はそれを、じっと横から監視《かんし》する。夫は、短い指で、意外にも整った字を書く。かつては「字のきれいな人って素敵」と思ったはずだったが、今となっては、ただただ鼻につくだけだ。

こうして、私は夫と別れることになった。私に好きな人ができた、と夫に思わせておいたほうがスムーズに離婚できそうだったので、もう否定はしなかった。けれど、息子の親権は夫のものとなった。不倫疑惑《ふりんぎわく》だけは完全に否定したのだが、「不倫」などではなく、私が時間の不規則な仕事をしていることが「親権」をもてなかった理由としては、大きかったかもしれない。仕事柄、帰宅が深夜になることが、しばしばあったのだ。

愛する息子と離《はな》ればなれになることにはためらいがあったが、今のままでは精神がもたない。私は、夫と別れたい一心で息子の親権を放棄《ほうき》した。「息子と一緒に暮らすこと」よりも、「夫との暮らしを一日も早く解消すること」のほうが、そのときの私の中では重要なことだったのだ。

最後に、夫は逆襲《ぎゃくしゅう》とばかりに、私にこう言った。

「きみのワガママで別れるんだから、柊人は僕が引き取る。不倫じゃないってきみは言うけど、僕はそれを信じたわけじゃない。もちろん、どんな理由であれ一度離れたきみの心が戻るとは思えないから、離婚には応じるけどね。ただ母親に好きな人ができて別れるなんて、まだ8歳の柊人には耐えがたい話だから、隠しておくよ。それから、とうぶんは柊人とは会わないでほしい」

まさかそんなことを言われるとは思っていなかったが、それにも私は、「夫と別れられるなら」という思いを優先して、うなずいた。

こうして始まった一人暮らしは、想像していた以上に快適だった。ヨダレやケチャップのシミがついた他人のものを洗濯《せんたく》しなくていい。風呂上がりにパンツ姿《すがた》でうろうろする中年ボディが視界に入ることもない。間延《まの》びした返事にイライラすることも、玄関《げんかん》に反対向きの靴《くつ》を見つけてため息をつくこともない生活は、すばらしく気持ちが楽だった。おかげで仕事にも力が入った。

そんな暮らしが3年ほど続いたある日、元夫から、思わぬ連絡があった。どうやら、柊人が私に会いたがっているらしい。

「子どもが母親に会いたがっているのを、だめだと言うことはできないからね。きみの新しい生活を乱すことになるかもしれないけど」

それはたぶん、あの人にとって精一杯《せいいっぱい》のイヤミのつもりだったのだろう。私はそれを笑い飛ばして、「もちろん会うわ。息子のことは、今も心から愛しているから」と、イヤミで返しておいた。

けれど、そう返した言葉に嘘偽《うそいつわ》りはない。3年の間に職場での私の立場は変わり、かつてほど時間が不規則ではなくなっていた。もちろん、付き合っている人もいない。これなら夫から柊人を取り戻すことができるのではないかと、近ごろ、私は考え始めていた。やっぱり子どもは、母親のもとで育ったほうがいいと思う。とくに、人一倍ぼんやりとしたあの人のもとでは、柊人が苦労することも多いに違いない。

——柊人。これからはお母さんと2人で暮らさない？

そう提案してみるのもいいかもしれないと考えながら、私は3年ぶりに息子と会うため、約束のレストランへ向かった。

私が到着したときに柊人の姿《すがた》はなく、席でメニューを眺《なが》めながら待っていると、柊人が1人でやってきた。その顔を見て、私は小さく息をのむ。

「……柊人？」

「そうだよ。久しぶり」

淡々《たんたん》とこたえる柊人は、ずいぶん背が伸びていた。心なしか肩《かた》も腕《うで》も足も、たくましくなったようだ。会わない間に11歳——小学5年生になったのだから、当然かもしれない。

そして何より、少し大人びたその顔立ちは、別れた元夫にそっくりだった。

厚ぼったいまぶたも、顔の真ん中に座っているだんごっぱなも……よく見れば指の短い手だって、あの人の手をそのまま縮小したようだ。こんなに似《に》てたっけ？　目もとはむしろ、私に似ていると思っていたけど……と、まじまじと柊人の顔を見つめてしまう。

「なに？」と怪訝《けげん》そうに尋《たず》ねられて、「ごめん、なんでもない」と首を横に振《ふ》ってごまかしたが、「なに？」と尋ねてきたときの首のかしげ方や目の細め方まで、あの男に似ているような気がした。

「ひとまず何か食べよう」と、私は柊人にメニューを差し出した。柊人はテーブルの上でゆっくりメニューをめくりながら、キョロキョロと瞳《ひとみ》を動かしている。文字を追うとき、元夫の目も同じようによく動いていたことを思い出してしまう。

やがて——何を食べるか決まらないのだろう——柊人が左手の親指の爪《つめ》を噛《か》み始《はじ》めた。

——あぁ、そんなことまで。

「柊人。爪を噛むの、やめなさい。不衛生だし、歯にもよくないんだよ」

少し強めに注意すると、「あぁ、うん」と返事があって、柊人は爪を噛むのをやめた。けれど今度は、「あぁ、うん」という返事のぼんやりした響《ひび》きが夫とダブって、私はひどく落ち着かない気持ちになった。

食事中、柊人は学校でのことや、あの男との生活のことを話してくれた。すると、話す間の身振り手振りも、言葉選びも、どことなくあの男に似ているような気がしてくる。話しながら食べたせいか、途中で大きなゲップを放たれたときは、頭を抱《かか》えたくなった。まだ子どもなんだから……と自分に言い聞かせても、柊人の背後にあの男の顔が浮《う》かんできてしょうがない。

一度気になりだすと、もう止まらなかった。鼻をスンと鳴らすようにして短めに笑う声も、ときおりぼんやりする表情も。そして、厚ぼったいまぶたを持ち上げて私を見つめ返してくる視線は、あの夜、私が離婚届《りこんとどけ》を突《つ》きつけたときの、あの男の視線そのものだ。

私は、私の体の中で、柊人を取り戻したいという気持ちが急速に縮んでいくのを自覚した。

「息子のことは、今も心から愛している」

そう返した言葉に嘘偽《うそいつわ》りはなかったはずなのに、どうしてその言葉を口にできたのかも——心から嫌悪《けんお》した夫そっくりな顔を目の前にした今——よく思い出せなくなっている。

私の分身であるはずの柊人は、あの男の分身でもあったのだ。つまり柊人の体には、間違いなく、あのたまらなく私をイライラさせる男の血が流れている。いや、違う。血や遺伝子のせいなんかじゃない。あの男と暮らした「環境」が柊人を変えてしまったのだ。

私は柊人をあの男のもとに残してきてしまったことを心の底から後悔した。何度言っても、元夫が変わってくれなかったように、柊人も、もとの柊人には戻ることがないように思えて恐ろしくなる。そうなると、言おうと決めてきた「一緒《いっしょ》に暮らさない？」という提案も、ついに、私の口から出ることはなかった。
デザートに頼《たの》んだシャーベットは、ドロドロとしたよくわからない物体となって、ガラスの器の底にたまっていた。

（作　桃戸ハル、橘つばさ）

パティシエの遭難《そうなん》

「世界一のパティシエ」と言えば、シュトーレ・アマミエル氏をおいて他にいない。味はもちろん最高級、さらに菓子の造形や細工の腕前《うでまえ》は信じられないほどだ。本物と見紛《みまが》うばかりの飴細工《あめざいく》の宝石やら、チョコでできた動物やら、おとぎ話から飛び出してきたようなお菓子の家やら、お菓子の素材で何でも作ってしまう。「アマミエル氏のお菓子は生きている」と言われることすらある。もちろん、「生菓子」という意味ではない。

いつも仕事で世界中から引っ張りだこの彼は、その日も助手と一緒に自家用飛行機で海の向こうの国へと向かっていた。

しかし、予定通り目的地にたどり着くことはできなかった。運悪く大嵐《おおあらし》に巻き込まれてしまったのである。

飛行機が操縦不能になり、アマミエル氏と助手はどこかもわからない島の砂浜に倒れていた。

ボキリと翼《つばさ》の折れた飛行機が、砂浜の彼らの近くに突《つ》き刺《さ》さってひしゃげている。地面に衝《しょう》突《とつ》する寸前に砂浜に投げ出され、2人は一命をとりとめたのだ。

「よかった。助かりました。でも、これじゃあ、飛行機はもう飛べません。ここが無人島だったら、この島から出られないってことですよ！」

助手は絶望的な悲鳴を上げた。島内を探索《たんさく》したが、やはり、人の住んでいる様子はまるでない。それどころか、食料になりそうなフルーツも実ってはいない。もし、このまま誰《だれ》も助けにきてくれなかったら……。

「なに、きっと何とかなるさ。それより、お腹は空かないかね？」

のんきなアマミエル氏に、助手が言う。

「この島に食べられそうなものは何もなかったじゃないですか？　魚を捕《つか》まえるにも、道具はありませんよ。お菓子の材料だって、向こうで用意してもらうつもりで持ってきていませんし。調理器具はあっても何も作れやしません……」

しかし、アマミエル氏はニコニコしたまま、お菓子作りに使う木べらに突然《とつぜん》かじりついた。

ムシャムシャ、ゴクン！

驚《おどろ》く助手に、アマミエル氏は泡《あわ》だて器《き》を差し出す。

「ほら、キミも食べなさい」

助手がおそるおそる銀色の泡だて器をかじってみると……なんとそれは飴《あめ》でできていた。

アマミエル氏の調理器具は、すべてお菓子《かし》から作られたものだったのだ。

これなら空腹をしのぐことができる。助手は喜んで調理器具に舌鼓《したつづみ》を打った。

しかし、それから何日経っても助けはこなかった。

オタマを食べ、ボウルを食べ、フライパンを食べ、鍋を……それでも、近くを通る船はない。

「ああ、もうお菓子でできた道具も食べつくしてしまった。今度こそおしまいです！」

助手が嘆《なげ》いたが、アマミエル氏は、まだニコニコしたままだった。

そして、今度は調理器具や衣服を入れていたカバンやスーツケースをかじり始めた。

ムシャムシャ、ゴクン！

お菓子でできていたのは、調理器具だけではなかった。他の荷物も、そしてスーツケースに入っていた服すらも全部、お菓子だったのだ。

助手は驚《おどろ》きながらも、喜んで荷物をほおばった。

しかし、それからさらに日が経っても、やはり助けはこなかった。

「もう持ってきたものは、糸くずひとつまで食べてしまった。今度こそ本当におしまいです!」

自分の着ていた服まで食べて、残るはパンツ一枚。おそらく、そのパンツも食べることができるのだろうが、それを食べたところで空腹は満たせない。

それでも、アマミエル氏はニコニコした表情を崩《くず》さなかった。

「なに、まだこんな大きいお菓子が残っているじゃないか」

そう言って、アマミエル氏は砂浜に残った飛行機の残骸《ざんがい》をかじり始めた。

ムシャムシャ、ゴクン!

なんと、2人の乗ってきた飛行機も、お菓子でできたものだったのだ。

これだけ大きければ、食べきるまでにきっと助けがくる。助手はホッとして飛行機の翼《つばさ》でお腹を満たした。

しかし、それを食べきる頃になっても、助けはこなかった。

小さなネジまで残さず食べつくしても、まるで救助の気配はない。

アマミエル氏と助手が持ってきたものは、とうとう何一つなくなってしまった。

あとどれだけ待てば、助けがくるのか。食べる物のない状態で、いったいあとどれだけ生き延びられるだろう?


――アマミエル氏が救助されたのはそれから数週間後のことだった。行方不明《ゆくえふめい》の世界的パティシエが、太平洋の孤島《ことう》でついに見つかったというニュースが各国で報じられた。

彼は無人島で遭難《そうなん》しているところを救助された。たまたま通りかかった漁船が彼を発見した時、彼は裸姿《はだかすがた》だった。墜落《ついらく》した飛行機の残骸《ざんがい》も見つからなかったことで、彼の発見は遅れてしまったのだ。

アマミエル氏は救助された船の中で、漁師たちに驚《おどろ》きの表情で話しかけられていた。

「それにしても、あんな何の食料もない島でよく生きていられましたね……」

アマミエル氏は、飛行機を食べつくした後のことを思い出していた。

「本当にもう何もありません。もう本当の本当に、今度こそおしまいです!」

もはやすべてをあきらめた助手を前に、アマミエル氏はまだニコニコしていた。

「なに、まだ食べるものはあるさ」

そう言って突然《とつぜん》、助手の腕《うで》にかじりついた。

助手は驚いて飛びのいたが、かじられた自分の腕を見てさらに驚いた。

彼の体の中には、あま～いクリームがたっぷりつまっていたのだ。

ムシャムシャ、ゴクン！

記憶《きおく》を思い返しながら、アマミエル氏の口の中によだれがあふれてきた。

――仕方なかったとは言え、惜《お》しいことをした。あの「助手」は私の作ったお菓子の中でも最高傑作《けっさく》だった。もう二度と作れないかもしれない。でもまぁ、あの作品を自分で食べることができたのは、不幸中の幸いだ。

アマミエル氏を救出した漁師には、もう一つ不思議に思うことがあった。目の前にいるアマミエル氏がニュースで報道されていた行方不明時の写真より、はるかに太っていたのである。

（作　森久人）

感染症《かんせんしょう》と科学者

その感染症による死者数は、とうとう全世界で5億人を超《こ》えた。

南半球のとある国が発生源とされるその感染症は、爆発的な感染力をもつ未知のウイルスによるものだった。感染者の飛沫《ひまつ》を吸いこむ「飛沫感染」や、ウイルスの付着した手で目や口や鼻に触《ふ》れたりする「接触感染」によって、1人の感染者があっという間に多数の人間を感染者にしてしまう。

しかも、このウイルスは物質の表面に付着した状態で1週間以上も生存することができたため、「人から人」だけでなく、「モノから人」へもうつってしまうことが判明した。そのため、交通網《こうつうもう》や輸送ネットワークが発達した先進国において、感染者数はねずみ算式に増えていった。

そして、この感染症の最大の脅威《きょうい》は、その致死率《ちしりつ》であった。ひとたび感染、発症すれば、治《ち》療《りょう》法《ほう》はなく、致死率は狂犬病《きょうけんびょう》なみ——つまり、ほぼ100%であった。

よって、発症した者は、これ以上の感染拡大を防ぐためという理由で、政府が設けた専門施《せんもんし》設《せつ》に隔離《かくり》されることになる。しかし、治療のすべがなく、致死率100%といわれるウイルスに侵《おか》された者にとって、その専門施設に隔離されることは、棺桶《かんおけ》に入るのと同義だ。

そして、さらに恐ろしいことに、このウイルスは感染者が亡くなったあとも猛威《もうい》をふるい続ける。感染者が亡くなってからも――つまり、遺体になってからも――周囲に対する感染力が変わらないのだ。そのため、遺体は即座《そくざ》に火葬《かそう》されることになる。遺族は、遺体となった家族と最後の別れを果たすことさえ許されなかった。

初期のうちは、火葬は滞《とどこお》りなく行われていた。しかし、ウイルスによる死者数がとんでもないスピードで増えてゆき、各地の火葬場はすぐにパンク状態になった。しかも民間の火葬場には、死因がウイルスではない――それ以外の病死や老衰死《ろうすいし》、事故死などの遺体も運びこまれる。火葬の順番待ちをする「待機遺体」は増える一方で、感染死者を迅速《じんそく》に焼却処理する政府の施設も設置されたが、状況《じょうきょう》は悪化する一方だった。

脅威《きょうい》のウイルスで亡くなった人々の遺体が世界中のあちこちで渋滞《じゅうたい》を起こし、その遺体がまた新たな感染源になるという恐怖の悪循環《あくじゅんかん》を想像して、全世界が震《ふる》え上《あ》がった。

＊　＊

とある科学者の男もまた、この凶悪なウイルスによって人生を壊《こわ》された1人だった。男は厳重な衛生環境におかれた研究施設でほとんどの時間を過ごしていたため、自身が感染することはなかったが、彼の妻がウイルスの毒牙《どくが》に倒れた。

感染が確認された妻は、ほかの感染者と同じように専門の施設に収容された。男が研究所に寝泊《ねと》まりしている間に感染したらしく、「今までありがとう」というメッセージだけが、妻から送られてきた。もちろん、面会が許されるわけもない。そして、その5日後には、妻が収容施設で死んだということを、施設の人間からの事務的なメールによって、男は知らされた。

当然、男は妻の死に目にも、妻の遺体にも、会うことはできなかった。最後に妻の顔を見たのはいつだったか、最後に交わした言葉はどんなものだったか、悲しいことに、男は思い出せなかった。

——ウイルスを撲滅《ぼくめつ》するために研究に没頭《ぼっとう》していたのに、一番大切な妻を守れなかったどころか、苦しいときにそばにいてやることさえできずに、ひとりで死なせてしまうなんて……！科学者が、そんな後悔の日々を送っているところに、マニュアルどおりに火葬《かそう》され、小さな骨壺《こつつぼ》に入れられた妻の遺骨だけが届《とど》いた。

「そばについていてやれなくて、ごめん……。助けてやれなくて、本当にごめんな……」

骨壺を抱えて、科学者の男は研究所の隅《すみ》にうずくまり続けた。3日、1週間、10日と経ち、後悔《こうかい》と絶望であいとあらゆる感情が摩耗《まもう》したころ、ようやく科学者の男は、これからの人生にひとつの目標を見出《みいだ》した。それはさながら、カラカラに乾《かわ》いた畑に、小さな植物がひとつ芽吹《めぶ》くように。

「こんな現実、あんまりだ。愛する人の死に目にも、死んだあとにも会えないなんて……会えたときには、乾いた骨になってるなんて、残酷《ざんこく》すぎる。もう一度、妻に会いたい。俺と同じ思いをしている人が、世界中に、ごまんといるはずだ。俺は科学者として、その人たちの心を救う。この遺《のこ》された骨から死者を復活させる研究に、残りの人生を捧《ささ》げよう」

男は理不尽《りふじん》に妻を奪《うば》われた悲しみを振《ふ》り払《はら》うように、研究に没頭した。遺骨から死者をよみがえらせるという研究は、神をも恐れぬものだ。それでも男は、たとえ自分が地獄《じごく》に落ちることなろうとも、もう一度、愛する妻に会いたかった。

男は寝《ね》る間を惜《お》しんで研究に没頭《ぼっとう》し——その間にも、ウイルスは猛威をふるい、死者数はとどまるところを知らなかった。そして数年後、ついにその技術は完成した。魚や動物の骨を実験に使って、サケやニワトリをよみがえらせることには成功している。この方法を使えば、蘇生《そせい》させる人間は赤ん坊の状態ではなく、命を落とした当時の姿で再現されるという確証が得られた。いよいよ、妻の遺骨で試すときだ。

「長い間、待たせたね。ようやく、また会えるよ」

科学者は、自宅で保管していた妻の遺骨を取り出すと、そこから特殊《とくしゅ》な方法でDNAを再生させた。小さな骨壺《こつつぼ》に収められていた遺骨をすべて使って、ようやく十分なDNAを得ることができた。今度はそのDNAを特殊な培養《ばいよう》ポッドに入れて、まずは人間の基《もと》となる「胚《はい》」を発生させる。次は、そこから急速に全身の細胞《さいぼう》を成長させていくのだ。魚の復活には、大きさによって2、3日。ニワトリで1週間以上かかった。構造がより複雑な人間となると、1ヵ月以上かかるだろう。

「神様、もう一度だけ妻に会わせてくれ……」

神をも恐れぬ行為《こうい》と知りつつも、科学者が最後に頼《たよ》ったのは神だった。

科学者が培養ポッドの隣《となり》でじれながら待ち続けること、3週間——ポッドの中には、明らかに人間の形をした生命体が再現されていた。まるで、母親の胎内《たいない》で眠《ねむ》る胎児のような状態だ。

このあと、ポッドは巨大な別の装置に入れる必要があるため、内部の様子は見えなくなる。科学者は、装置の前でひたすら祈《いの》り続けた。

それから9日後、夕方になって、装置の稼働音《かどうおん》が止まった。反対に、科学者の心臓が、バクバクと、科学者の胸骨を体の内側から激しく叩《たた》き始める。

——やっと、妻に会えるんだ！

科学者が装置を操作すると、扉《とびら》がプシュゥと音を立てて、ゆっくりと開いた。隙間《すきま》から、ドライアイスのスモークにも似《に》た、白い煙《けむり》がこぼれてくる。やがて、装置の扉と培養ポッドの扉が完全に開いたとき、煙の中にむっくりと人影が起き上がった。

「おおっ……！」

感動に打《う》ち震《ふる》える科学者の前で、煙が少しずつ晴れてゆく。そのあとに姿を現したのは、科学者が心から愛した女性、小柄《こがら》でスレンダーでつややかな黒髪《くろかみ》の美しい妻——ではなかった。

装置の中にぼーっと座っていたのは、大柄で太った、頭髪《とうはつ》の薄《うす》い中年男だった。

科学者は見ず知らずの中年男を、呆然《ぼうぜん》と見つめた。中年男のほうもワケがわからないといった様子で、科学者を見つめ返す。2人は、ほぼ同時に同じ言葉をつぶやいた。

「……………え？　だれ？」

ずんと重たい沈黙《ちんもく》だけが、研究所にたちこめた。

＊　　＊

ウイルスによる死者数が激増の一途《いっと》をたどり、民間の火葬場《かそうば》も政府の焼却処理施設《しょうきゃくしょりしせつ》も、とうにキャパシティの限界を迎《むか》えていた。焼却の順番を待つ遺体は、膨大《ぼうだい》な数にのぼった。きちんと対応していれば、遺体が骨となって遺族の手もとに帰るまで半年から1年はかかる計算になる。政府は対策を講じなければならなかった。

「これでは遺族が納得しない。発症《はっしょう》して施設に収容された人間は、その後、一度も家族に会えないまま亡くなって、火葬されるんです。それだけでも遺族の感情は計り知れないというのに、

『火葬場が混み合っているのでお待ちください、遺骨をお返しするまで1年ほどかかります』なんて、言えないでしょう。それに、遺族は遺骨を見て初めて、家族の死を現実のものとして受け入れ、気持ちを切《き》り替《か》えることができるんです。国民全員が悲しみに沈《しず》んだままでは、この国はウイルスに負けたことになりますよ。国民が前向きに生きるためには、一刻《いっこく》も早く、遺骨を遺族にお返しするべきなんです。たとえそれが、本当の家族の骨でなかったとしてもです」

この案を、政府は採用することにした。

つまり政府は、焼却施設がパンクしているせいで火葬できない死者の遺族には、「その時点で火葬がすんでいる他人の遺骨からいくらかを拝借して、「あなたのご家族のお骨です」と神《しん》妙《みょう》な面持ちで配布することで、ある日突然に大切な人を失った者たちの喪失感《そうしつかん》を、少しでも軽減させようとしたのである。

本当の家族の遺体は、順番さえ回ってくれば国の大規模施設によって火葬、もとい「焼却処理」されることになるが、今となっては、一人ひとりを丁重に荼毘《だび》に付《ふ》するわけではない。最初のころと同じやり方では、膨大な数にのぼる「待機遺体」をさばききれないのだ。そこで、大勢の遺体をいっぺんに巨大《きょだい》な溶鉱炉《ようこうろ》に入れて溶かすようになったため、あとには遺骨すら残らない。その施設《しせつ》における溶解葬《ようかいそう》は、あくまで「処理」であって、「葬儀」という趣《おもむき》からはほど遠いものであった。

つまり遠からず、身内の遺骨さえ返してもらえない遺族たちが続出することになるわけだが、ならばせめて今はまだ、「亡くなったご家族は無事に火葬されました」と、骨とともに知らされるほうがいいに違いない。それが、政府の下した決断だった。

＊　＊

科学者は、自分の研究が失敗したのか、それとも別の理由によってこんなことになったのかさえわからなかった。いずれにしても、自分の想いは実現しなかった。遺骨はすべて蘇生《そせい》のために使ってしまって、もう残っていない。科学者はズルズルとその場に崩《くず》れると、両手で顔をおおった。

「なぜ、こんなことに……？　妻は……俺の大事な妻は、どうなったんだ……？」

声を震《ふる》わせる科学者に、装置の中から、「あのぉ……」と、見ず知らずの太った男が声をかける。

「とりあえず、何か着るものをもらえませんかねぇ」

軽やかに澄《す》んだ妻の声を待ちわびていた科学者に、そのにごった声が、ふたたびの絶望を突《つ》きつけた。

（作　桃戸ハル、橘つばさ）

箱の中のあなた

「あの、失礼ですが」

なめらかな都会ふうの男の声が言った。彼女は、臆病《おくびょう》と疑惑《ぎわく》とがいっしょになったようなぎごちない様子で、立ち止まった。

丘の上は、すばらしい夕焼けで赤く染まっていた。馬の背のような地面に、まばらな木が細長い影をつくっている。

「いい景色ですねえ、ほんとに。……これ、なんの木です?」

なれなれしく、この地方だけに生えている緑色の炎のような形の樹をさして、男は訊《き》く。男は、首からカメラを吊《つ》るしていた。

態度といい、口調といい、男はわざわざ東京あたりからやってきた観光客の一人にちがいなかった。……この地方は、初夏から観光シーズンに入って、駅前には歓迎《かんげい》の大きなアーチが立つ。今年も、もう十日あまり、彼女は毎日それを見てきていた。

「すみませんが」と、男は言った。

「ここで、写真を一枚とってくれませんか」

だが彼女は、棒のように直立したまま、その男の首から上、やさしい声の流れだす唇《くちびる》さえ、ろくに見ることができなかった。彼女は、男性の顔というものを、それまでまっすぐに見られたことがなかった。

その内気さ、臆病さが、結局のところ、三十歳を過ぎた今日まで、彼女に一人暮しをさせていたのかもしれない。首すじのあたりまで真っ赤にして、極度の緊張《きんちょう》に、彼女は呼吸《こきゅう》がつまるような気がしていた。

男は、明るい声で言った。

「記念に、この風景をバックに、僕を入れて一枚写していただきたいんです。カメラのセットは僕がしますし、シャッターさえ押して下さればいいんです。……お願いします」

彼女は、こわばった顔でちょっと道を振《ふ》り返《かえ》った。誰《だれ》も通らなかった。

「すみませんが……」

男はやさしい声でくり返した。

彼女は手をのばした。

おそるおそるカメラを手に受けると、ぎくしゃくと胸に抱《かか》えこんで、ファインダーをのぞく。

そして彼女は、懸命《けんめい》にその男に焦点《しょうてん》を合わせようとした。

やっと焦点があった。彼女は大きく息を吐《は》いた。

美しい、小さな世界だった。血のような夕陽に染まりながら、ぽつんと一人の男が立ち、にこやかなポーズで笑っていた。男の姿《すがた》は茜色《あかねいろ》の光にくっきり映《は》え、その光は、ちょっとぐずぐずしていれば、跡《あと》かたもなく消えてしまいそうに思えた。

まっすぐな鼻、薄《うす》い女のような唇《くちびる》、ひきしまった精悍《せいかん》な腰《こし》つき。……のしかかるような動物の圧力、圧倒的《あっとうてき》な恐怖《きょうふ》そのものだったそれまでの「男性」はどこかに消え、レンズ越しの男は、今は輪郭《りんかく》の明瞭《めいりょう》な、小さな愛らしい一個の人形となって、はじめて彼女は彼を所有することができていたのだった。彼女はうっとりと飽《あ》きずに眺《なが》めつづけた。それは、ゆるされた貴重な時間だった。

――こうでもしなければ、「彼」をとっくりと見ることもできない。

全身が熱く燃えあがって、彼女は、胸がはやくもある期待にわななきはじめたのがわかった。

「まだですか」と、男が言った。

「……え。いま……」と、彼女は答えた。

そのとき、ある絶望のような決意が、すばやく彼女の中を走った。彼女は、自分が、もはやどうしてもそれを避《さ》けられなくなっているのを確認したのだった。

しずかな風景の中に、シャッターが、突然、死んだ小鳥が水に落ちたような音を立てた。

「ありがとう。そうだ、今度はあなたを写させてください」

男は、急にはしゃぐような声をだした。

「どうですか。ぜひ、この美しい景色といっしょに」

「あの……」

精一杯《せいいっぱい》の努力で彼女は言った。

「あの、こんなところ、そんなにいい景色ではありませんわ」

「ほう？」

男は、露骨《ろこつ》に興味をしめす顔になった。

「もっといい景色があるというんですか」

「この先に行くと、海が見下せる公園があります。……あの、町はずれなんですけど、そこのほうが」

「へえ、そいつは知らなかった。そうですか。じゃ、連れて行ってください」

公園といっても、春になると桜や梅がいっせいに花を咲かせるというだけの、その他にはなにもない高地だった。ただ、夕暮れの淡《あわ》い銀灰色《ぎんかいしょく》のもやの中に沈《しず》んでいく町と海が、より広く見渡せるだけのことで。だが、そこには撮影の邪魔《じゃま》になる人影がない。

彼女は、背をかたくして先に立った。古い神社の裏をまわり、近道である急な傾斜《けいしゃ》を通る。大きな砂利《じゃり》が靴《くつ》の裏ですべって、やっと両側の草むらが尽《つ》きかけるあたりまできたとき、道に慣れない男の息は、少しあがりはじめていた。

「ちょっと待ってくださいよ」

その声を聞き、彼女が立ち止った直後——。男の手が彼女の肩《かた》をつかみ、仰向《あおむ》けに彼女を草むらのなかに押し倒した。

「いや！　やめてください」

絞《しぼ》りだすような叫《さけ》び声《ごえ》とともに、彼女は男をつきとばした。だが、男はひるまなかった。男の顔が、視野いっぱいに迫ってくる。彼女は必死に抵抗した。彼女の中にあったものは、ただ猛烈《もうれつ》な嫌悪感《けんおかん》だった。

気づいたとき、彼女は右手にしっかりと大きな石を握りしめて、ぜいぜいと呼吸をきらしていた。男が足もとに倒れている。

こめかみから血の筋を滴《したた》らせて、男の目はぽかんと空を見ていた。男は動かなかった。まだ胸がはずんでいた。でも、もう恐怖感はなかった。彼女は、やっぱり、私はいざとなると理性的な女なのだ、理性的でしかないのだ、と思った。これはしようがないことだ。

彼女は、男に、脱げた靴をはかせ、ずるずると引きずって崖《がけ》の尖端《せんたん》に置くと、そこまでの軌《き》跡《せき》や二人の争いの跡を注意ぶかく消した。それから、カメラをそっと自分のハンドバッグにしまって身づくろいを直した。

そして、そっと横たわった男の背中を押してやった。男は突き出た岩角にぶつかりながら落ちていって、やがて、かすかに鈍い水の音が響いた。

翌日、地方の新聞に、旅行客があやまって三十メートルの崖からすべり落ちて死んだという記事が載った。記事は簡単な三、四行のもので、旅行者の顔写真もなかった。

そこはここ数年、市民たちのあいだで、「魔《ま》の断崖《だんがい》」と呼ばれている場所だった。しかし、そんな危険な場所をもつ公園も、市のふところを潤《うるお》す財源となる。観光客の足が遠のくのをおそれる市当局の圧力もあってか、新聞も警察も、今回もそれ以上は深くふれることはせず、ことをすまそうとしていた。

その事件は、男の水死体の検屍《けんし》と身もとの照会も終わり、噂話《うわさばなし》もおさまり、一週間も経つころには、人々の記憶から忘れられようとしていた。

彼女はその日、勤め先からの帰りに写真店に寄り、現像された写真をもらってきた。

彼女に必要なのは、その中のただ一枚、はげしい夕焼けに染まった、にこやかなポーズのあの男の姿だけだった。

彼女はその写真を、アパートの部屋に、用意した枠《わく》に入れて飾《かざ》った。

「……これでいいの」

目を細め、思いきりあの日の赤い光を浴びた彼を眺《なが》めながら、熱っぽい充実に彼女は胸が震《ふる》えていた。

「殺しちゃって、ごめんなさいね。でも我慢《がまん》して。私は、生きている人がこわいの。だって、いつどこへ行っちゃうかわからないし、生きている人は、本当には私のものにはなってくれないんですもの。このあなたなら、おとなしくて、けっして私を裏切りもしないわ。私たちは、だましあうこともないのよ。きっと、あなたも寂《さび》しくはないと思うわ。いつまでもいっしょに暮らしましょうね。仲よく……」

いくらか日が長くなったせいか、一部屋だけのアパートは、窓から横ざまに射す金色の光がまぶしかった。カーテンを引きかけ、何気なくカレンダーに顔を向けると、彼女は言った。

「あ、今日は一昨年のあの人の命日だったわ」

そして、鍵《かぎ》をかけた本棚《ほんだな》の、いちばん上の戸を開いた。

そこには、同じような黒いリボンをつけた写真立てに入って、若い男たちの写真がならんでいた。

「ええと、あの人は何番目だったかしら」

彼女は、幸福そのものの顔になって、今はなんら臆《おく》するところもなく、その一つひとつの男の顔を、つぎつぎと仔細《しさい》に見つめつづけた。男たちは、そろってあの丘の上の豪奢《ごうしゃ》な夕映えにまみれ、炎のような形の樹を背にして、彼女の手で箱のなかに収められた瞬間《しゅんかん》の、それぞれの得意なポーズのままで笑っていた。

（原作　山川方夫　翻案　蔵間サキ）

＊表記・表現を原作と変更した箇所があります。

命のコーディネーター

「ワタシと取り引きをしませんか?」

夜の橋の上、真っ黒な水面《みなも》を見つめていたところに唐突《とうとつ》な声をかけられて、俺は飛び上がるほど驚《おどろ》いた。振《ふ》り返《かえ》ると、俺の右うしろに細身の男が立っている。

出《い》で立《た》ちは、こぎれいだ。細身のスラックスに、深いグレーのシャツ。そこに光沢《こうたく》のある黒いネクタイと、品のいいベストを合わせている。靴《くつ》も一見して上質な革《かわ》だ。

「失礼」と、俺に差し向けられた手は大きくもすらりとしている。声は女性のハスキーボイスといった雰囲気《ふんいき》で、目鼻のそろった顔立ちも中性的だ。服装が男性的で——身につけているシャツやベストが男ものだし——男だと思ったが、じっと顔を見ていると、その判断が正しいのかどうか、わからなくなってくる。そんな相手だった。

「急にお声をかけて、すみません。ノザワマサトシ様、ですね?」

尋《たず》ねてくる声は、やはり女性のハスキーボイスに聞こえたが――それより何より、俺は相手の言葉に驚《おどろ》いた。

「なんで、俺の名前を？」

「ビジネスパートナーとなる可能性がある方のお名前は、すべて記憶《きおく》しております。ワタシ、コーディネーターですから」

相手は胸に右手の平をそえながら会釈《えしゃく》する。その姿《すがた》はじつにサマになっていたが、まったく答えにはなっておらず、俺の警戒心《けいかいしん》は増すだけだ。

「ビジネスだのなんだの、さっきから、なんの話だ？　あんた、誰なんだ」

「それにつきましては、これから詳《くわ》しく説明させていただきます」

胸にそえていた右手をひらりと優雅に翻《ひるがえ》して、男――ということにしておこう――は、一歩、橋の欄干《らんかん》に歩み寄った。

「先ほど申し上げたとおり、ワタシはあなたと取り引きがしたいのです。――命と金の取り引きに、興味はありませんか？」

「命と金」という言葉に、俺の右手はピクリと震《ふる》えた。平常なら、こんな胡散臭《うさんくさ》いヤツは相手にしないで立ち去るところだが、今の俺には、興味を引かれるだけの理由がある。

「どういう意味だ？　映画みたいなデスゲームでもしようってのか？」

「いえいえ、そんな野蛮《やばん》なエンターテイメントではありませんよ。あくまで、ビジネスですから。ワタシがあなたにご提案したいのは、シンプルな二択《にたく》です」

そう言って、男は胸の前で人差し指を立てた。

「選択肢《せんたくし》、その1。あなたの寿命《じゅみょう》をワタシがこの場で決定するかわりに、あなたは2000万円を手に入れる」

「2000万だとっ？」

思いがけず耳に飛びこんできた額面に、俺は目を見開く。それを軽く受け流して、男は立てていた人差し指の隣《となり》の中指をぴんと伸《の》ばした。

「選択肢、その2。この話はなかったことにする。あなたはワタシから自分の寿命を聞かされることなく、大金も手にできません。かつ、ワタシと出会ったことや会話した内容は、あなたの記憶《きおく》から消去されます。文字どおり、何もなかったことになります」

胸の前で作ったVサインを、男がくいくいっと動かす。またしても突飛《とっぴ》な話の内容に、俺は頭を抱《かか》えた。

「待て待て、『記憶を消す』だと？　意味がわからん。それに、２０００万って……」

「多くの人間にとって、２０００万円は大金でしょう？　しかし、それ相応《そうおう》のものをいただくわけですから、その対価としては、けっして高くはないと考えています。なぜならそれが――」

「ビジネスだから？」

男の言葉を奪《うば》うようにして聞き返すと、男は「ええ」と、満面の笑みを浮《う》かべた。やはり、胡散臭《うさんくさ》い。胡散臭いことこのうえないが、俺はすでに、男の話を無視できなくなっていた。とんでもないファンタジーだとは思いながらも、俺は尋《たず》ねずにはいられない。

「俺の寿命を決めるって言ったな。２０００万円と引《ひ》き換《か》えに、俺の寿命を削《けず》るってことか？」

「少し違いますねぇ。もっとも、『寿命を削る』という結果になる場合も多いですが、ワタシがこの場で行うのは、シンプルに、『寿命の決定と告知』です」

そう言って、男は体のうしろで両手を組んだ。

「ほとんどの人間は、自分がいつ、どうやって死ぬのかを知らずに生きています。自分がいつ死ぬのかを知らずに生きているからこそ平静でいられる、と言うこともできます。自分が死ぬときの様子があらかじめわかってしまうと、多くの場合は死期が迫《せま》るにつれ、不安や恐怖にとりつかれるでしょう。はじめのうちは、『死期まで十分に時間がある』と楽観的になれるかもしれませんが、死まで1年、2ヵ月、2週間……と、どんどん死に近づいていることを実感したとき、ほとんどの人間は精神状態になんらかの異常をきたします」

「だろうな」と、俺は思わずうなずく。それは、想像に難くない。自分の余命がカウントダウンされるのを、冷静に見つめていられる人間は、そう多くはないだろう。

「とはいえ、それと反対の場合もあります。自分がいつ死ぬのかをわかっていれば、それに向けた準備ができると考える人も、何割かはいるのです。身辺整理をしたり、お世話になった人たちに別れを告げたり、やり残していたことを終わらせたり、限りある時間を有意義に使うための行動を起こせますからね。それこそ、『寿命《じゅみょう》を把握《はあく》することで、悔《く》いのない人生を送ることができる』という考え方もできるわけです。もっとも、そういうふうに万全の準備をしていた人でも、いざそのときになると取り乱す、ということもあるわけですが」

「なるほどな」と、俺はゆっくりうなずいた。すでに俺は、男の話に真剣《しんけん》に耳をかたむけている。相手にも、そのことは伝わっているのだろう。「いかがですか？」と、男はうしろで組んでいた手を前に持ってきて、パンと合わせた。

「あなたが後者であるならば、自身の寿命を知って2000万円を得るというのは、悪い話ではないと思います。自分の寿命なんて知りたくないと思うなら……今夜は何もなかったことにすればいい。それだけの話です」

「この話、あんたになんの得があるんだ？」

この男と話し始めてから疑問に思っていたことを、率直に男にぶつけてみる。

「俺に寿命を教えて、なおかつ2000万もくれるっていうけど、あんたに得があるとは思えない。取り引きっていうわりに、等価交換《とうかこうかん》になってないんじゃないか？」

「そんなことありませんよ」

にっこりと、男は鷹揚《おうよう》に笑ってみせた。

「この話にのっていただける場合は、あなたの寿命はワタシのほうで操作させていただくことになります。一人の人間の死期を操作することは、全世界の死者数をコントロールすることにつながりますから、ワタシたちの業界にとっては都合のいいことが多くなるのですよ。人間がまったく死ななくなっても困《こま》るし、かといって世界的な大量死が発生するのも、ワタシたちとしては避《さ》けたいのです。ですからこれは、ワタシたちにとって都合のいいタイミングでお亡くなりいただくための取り引きなのです。そして、こちらの依頼《いらい》にお応えいただくわけですから、その報酬《ほうしゅう》として2000万円をお支払《しはら》いするという、れっきとしたビジネスなのです」

男の口から語られる流暢《りゅうちょう》な説明には、終始、不穏《ふおん》な気配がまとわりついている。「操作」だの「都合のいいタイミング」だの、まるで人間の命を手玉にとっているかのような語り口が、むしろ、俺の頭を冷静にさせた。

「……おまえ、死神か何かか？」

「あぁ、それは……社外秘というやつなので、ワタシの口からは、ちょっと」

そう言って、男はほっそりした指を唇《くちびる》の前に立てた。その唇にも、かすかな笑みがのっている。その唇で、男は言った。

「興味をもっていただけたようで何よりです。ではまず、もしこの取り引きが成約となった場合に、あなたの寿命《じゅみょう》がどれくらいで尽《つ》きることになるのかをお教えしましょう」

「先に教えてくれるのか？」

「ええ。でないと、それが2000万円と釣《つ》り合《あ》うか、判断できないでしょう？　明日死ぬのに2000万受け取っても使いきれないでしょうし、『死ぬのが明日なら聞きたくなかった』と思うかもしれない。人によっては、『そんなに寿命を短くされるなら、2000万円じゃ不十分だ』と思う方もいるでしょう。取り引き条件にご不満がある場合は、ビジネス不成立ということで、あなたの記憶《きおく》を消してワタシは立ち去る、というのでもかまいません」

これまで何度も繰《く》り返《かえ》してきた説明なのだろう。男の語り口によどみはなかった。そして、その内容なら悪い話ではない。

「わかった。俺の寿命を教えてくれ」

「かしこまりました」

男はまた右手を胸にそえて、うやうやしく一礼した。それから顔を上げて、男は業務連絡のごとく、淡白に告げた。

「ワタシから提案《ていあん》させていただくノザワマサトシ様の寿命は、55歳。ちょうど20年後の今日、この時間に、あなたは心筋梗塞《しんきんこうそく》によって急死します。この条件をのんでいただけるなら、2000万円を即時、お支払いいたします。お支払い後の契約取り消しはできませんので、ご了承ください」

「20年後……55歳で、死ぬ……」

俺は、男の口から放たれた言葉を、なぞるように繰《く》り返《かえ》した。

「55歳で死ぬ」というのは、平均寿命《へいきんじゅみょう》の延びた今、一般的に考えれば早逝《そうせい》といえるだろう。心筋梗塞《しんきんこうそく》で急死、というのも「安らかな死」とは言えないかもしれない。痛みや苦しみにさいなまれる最期は、たしかに恐ろしい。

それでも、と俺は考える。

「この条件をのまなかったら、俺の寿命は……」

「あなたの死が『55歳で心筋梗塞による急死』に限定されるのは、それでいいとあなたがうなずき、ワタシから2000万円を受け取った場合のみです。この話をなかったことにするなら、あなたの命の終わりは、ワタシには操作することができません。あなたがいつ、どうやって死ぬのかは――あえてこの言葉を使うと――神のみぞ知る、ということになります」

ごくりと、俺はノドを動かした。

2000万円と引《ひ》き換《か》えに、20年後、55歳で、心筋梗塞による死を迎《むか》える。

「2000万……」と、俺は繰り返す。それだけあれば、今ある借金を返してお釣《つ》りがくる。

返済のメドが立たず、さっきも暗い水面《みなも》に妻の顔を思い浮かべながら絶望にひたっていたのだが、これは、今の俺にとって最良のビジネスが舞《ま》いこんできたのかもしれない。

「わかった。その取り引きにのろう」

俺が決意とともに深くうなずくと、得体の知れない細身の男は、「ありがとうございます！」と、両手を打ち鳴らして破顔一笑《はがんいっしょう》した。

「では、取り引き成立ということで、こちら、お受け取りください」

そう言って男は、どこから取り出したのかわからない、黒いアタッシェケースを差し出してきた。言っていることは荒唐無稽《こうとうむけい》なクセに、現金で取っ払いとは、ずいぶんと豪快《ごうかい》でアナログだ。とはいえ、俺はそれを受け取る。

そして、ずしりと重いアタッシェケースから顔を上げたとき、そこに男の姿《すがた》はなかった。

こうして俺は2000万円と引き換えに、20年後、55歳での死を確約された。

＊　＊

――あれから、20年。今思い返しても、あのときのことは現実味がない。しかし、実際に俺はアタッシェケースに詰《つ》めこまれた現金２０００万円を手に入れ、今日まで、事故や事件といった命の危険におびやかされることなく生きてきた。若いころに作った借金を無事に全額返済することができ、あまった分で、妻を旅行に連れていくこともできた。

その妻は10年近く前に、交通事故に巻きこまれて他界してしまった。妻は元来、寂《さみ》しがりやで、「もしもあなたがいなくなってしまったら、私は寂しくてどうにかなってしまうと思う」と、俺にこぼしていた。先立たれてしまった俺のほうこそ寂しかったが、妻を独りにするよりはよかったと思う。

――本当は、俺が妻を寂しがらせるはずだった。先に死ぬのは、俺のはずだったのだ。

死神めいた男と出会った20年前、俺は夜の橋の上で絶望していた。それは、体調不良を懸念《けねん》して訪れた病院で末期がんが見つかり、「余命半年程度でしょう」と余命宣告を受けたからだ。

借金がまだ残っているのに。寂しがりやの妻もいるのに。まだ35歳なのに。いろんな思いが頭をよぎって、パニックになりそうだった。そんなとき、あのコーディネーターを名乗る男が現れて、取り引きをもちかけてきた。結果的に、俺は借金を帳消しにする２０００万円を手にし、かつ、寿命を20年近くも延ばしてもらうことができた。

あのあと、もう一度病院に行くと、俺の体に巣食っていたがん細胞《さいぼう》は、ひとつ残らず消えていた。医者も「奇跡だ」と言い、俺に宣告された「余命半年」は取り下げられた。

妻には先立たれたものの、俺はこの20年、懸命に生きてきた。男が言っていたとおり身辺整理もできたし、妻を寂しがらせずにすんだし、後悔《こうかい》もない。コーディネーターから告げられた刻限が迫るのを、こうして、穏やかな気持ちで待つことができる。

あの男が、俺の病や余命宣告を知っていたかはわからない。「世界的な大量死が発生するのも困《こま》る」と言っていたから、20年前に俺が死ぬのは死者数の観点から「都合」が悪くて、調整したかっただけなのかもしれない。

「どっちにしても、いい取り引きだったよ」

55歳になった俺は、そうつぶやいてソファに深く腰《こし》かける。

そうして、あと数分で止まる心臓の音を、静かに聞いている。

（作　橘つばさ）

3つの復讐《ふくしゅう》

——9月10日（火）

日記は「証拠《しょうこ》」になるそうなので、今日から日記をつけようと思う。

僕は1学期から、クラスメイトの荒木洸矢《あらきこうや》と、その仲間からイジメを受けている。今日は、うしろからイスを蹴《け》られた。休み時間だけではなく、授業中にも。今日だけで12回。夏休みをはさんだから、飽《あ》きてしまって、からんでこなくなることを期待してたけど、ぜんぜんそんなことなかった。

なんで僕がターゲットにされたのかは、わからない。見た目が地味とか、暗いとか、たぶん文句を言わなさそうとか、そんなことが理由だろう。くだらない。くだらないけど、逆らえない。逆らったら、もっとひどいことをされる。先生にも、親にも、だれにも言えない。

——9月27日（金）

今日は荒木に、バケツで水をかけられた。トイレに入るところを待ちぶせされていた。帰ろうとしたらスニーカーがなくなっていて、最終下校時間まで探しても見つからなかったから、うわばきのまま家に帰った。母さんをごまかすのが大変だった。母さんに心配をかけたくない。

——10月3日（木）

昨日、荒木たちに「金を持ってこい」って言われたけど、「無理だ」って言ったら、新しいスニーカーをボロボロにされた。また母さんに「新しいの買って」って言うと怪《あや》しまれるから、自分で買おう。荒木にお金を渡《わた》さなくても、貯金がどんどん減っていく。荒木に渡すほうがマシなのかも。

——10月15日（火）

今日はお金を渡せなかったから、腹をなぐられた。痛いし、アザになってる。「明日は持ってこい」って言われた。しんどい……どんどんひどくなる。クラスのやつらは気づいてる人もいるはずなのに、荒木が怖《こわ》くて何も言わない感じだ。歯向かって荒木を怒らせて、自分がターゲットにされるのも怖いんだろう。僕はクラスで、いけにえにされてる。

——10月30日（水）

もう、貯金は残ってない。荒木にそう言ったら、「親の金をとってこい」と言われた。しかも教室で、みんなの見てる前で。荒木のやることが、どんどんひどくなっていく。もう心がボロボロだ。なんでだれも味方になってくれないんだろう？　なんで僕だけがこんな目にあわないといけないんだ？　父さんと母さんに、「なにかあったの？」って聞かれたけど、こんなこと話せない。

——11月7日（木）

教科書をぜんぶボロボロにされた。ロッカーの中に入れてあるものに、掃除《そうじ》のあとのバケツのきたない水をかけられた。

学校に行きたくない。でも親に心配かけたくない。
荒木がいなくなればいいのに。僕の前から消えてほしい。

――11月15日（金）
荒木がクラスの何人かとＳＮＳのグループ作って、そこで僕の悪口を言い合ってるらしい。そこにアップするから写真とらせろって、更衣室《こういしつ》ではだかにされて、何枚もスマホで写真をとられた。荒木は人間のクズだ。

――11月26日（火）
もう、なにもかもどうでもいい。考えるだけムダだ。荒木はアクマだ。
卒業するまで、こんな生活が続くんだろうか……。卒業までガマンすれば、ぜんぶ終わるんだろうか……。

——12月2日（月）

今日、学校の帰りに占《うらな》い師《し》のおばあさんに声をかけられた。

僕を見たとたん、「よくない相が出てる。ひどい顔だ」って言ってきた。僕はつい立ち止まって、おばあさんの話を聞いてしまった。

僕が学校でイジメられてるって言うと、おばあさんはこう言った。

「おまえに3つの未来を見せてやろう。おまえには、その中から、好きな未来を選ぶ権利がある」

そして、占い師のおばあさんは水晶玉《すいしょうだま》をのぞきながら、「明日、3つの未来を話して聞かせるから、またここに来い」と言った。

【ストーリーⅠ】

俺は、悪いことはしていない。悪いのは、全部大人——じいさんと、親父《おやじ》だ。

じいさんは、この市の教育長だ。孫の俺に毎日毎日、「教育長の孫なんだから、恥《は》ずかしい成績をとるな。じいちゃんに恥《はじ》をかかせるな。誰にも負けるんじゃない」と言う。

親父は、そんな性格のじいさんのことが鬱陶《うっとう》しかったから、ぜんぜん違う職業についたそうだ。自分で会社を作って事業を始めたのだ。じいさんはそのことも気に食わなくて、相変わらず、じいさんと親父はギスギスしている。そのせいで、俺の家はずっと居心地《いごこち》が悪かった。

親父が事業に失敗してからは、家の空気はさらに最悪だ。母さんは毎日泣いてるし、じいさんは親父を怒鳴り続けている。「最初からうまくいくはずなかったんだ」「俺の言うとおりにしておけばよかったんだ」「おまえは、荒木の名に恥を塗《ぬ》った」と。

もともと仲がよくなかったのに、親父が事業に失敗したのをきっかけに、親父とじいさんはますます険悪な雰囲気《ふんいき》だ。俺が学校から帰ったときに怒鳴り合っていることもあるし、ものすごい物音が聞こえてくることもある。そして毎晩、俺はじいさんと親父の口論に耳をふさぎながら眠《ねむ》る。

なんで孫の俺が、こんな思いをしないといけない？　じいさんの人生も、親父の人生も、俺には関係がない。

母さんも母さんだ。親父を支えたり、はげましたり、2人の言い合いをたしなめたりするわけでもなく、悲劇のヒロインぶって、しくしく泣いて。もう、家の中はメチャクチャだ。

なんで俺が、大人の勝手な期待や見栄や失敗に振《ふ》り回《まわ》されて、こんなストレスがたまる家で暮らさなきゃいけないいんだ！　イライラして、むしゃくしゃして、俺は何をやっても楽しいと思えなくなった。そんなとき、俺はアイツを見つけた。

野々宮葵生《ののみやあおい》。ひ弱で、なんかおとなしそうなやつ。勉強も運動もできるわけじゃないのに、能天気な笑顔を浮かべている。その日も大人たちのせいでムシャクシャしていた俺は、ふとした思いつきで、目の前を通り過ぎようとしていた野々宮の足を引っかけた。野々宮は派手に転んだ。俺に足をかけられたことはわかっているはずなのに、「あはは、転んじゃった」と、困《こま》ったように笑った。

その顔を見た瞬間《しゅんかん》、俺の心の中が、何か黒いもので満たされたのがわかった。そのとき俺は、久しぶりに笑っていた。

俺は野々宮葵生に、日常的にちょっかいを出すようになった。俺は野々宮のちょうどうしろの席だったから、うしろからイスを蹴《け》ったりもしてみた。ビクッと跳《は》ねる肩《かた》がおもしろくて、休み時間中も授業中も気にせず、何度も蹴った。

持ち物を隠《かく》すと、おどおどしながら探し回る姿《すがた》がバカみたいで笑えた。バケツの水をかぶってずぶ濡《ぬ》れになりながら、口もとをひきつらせている姿を見て、スッキリした。ビクビクしながら涙目《なみだめ》で金を差し出すあいつからそれを奪《うば》い、俺は自分よりも不幸な人間がいると実感することで安心できた。その金で遊んでいる間は、クソみたいな家のことも忘れることができた。

そんなクソみたいな家に今日も帰ると、リビングから母さんと親父の声が聞こえてきた。

「本当なの？　本当にその人が、力になってくれるの？」

「ああ。じつは、もう話は詰《つ》めてあるんだ。明日の17時に先方に出向いて、契約書《けいやくしょ》にサインをすれば、俺の会社に出資してくれることになってる。その出資さえ実現すれば、なんとか会社を立て直せるよ……。約束に厳しい人だから、遅れるわけにはいかない。それに、明日の17時にしか時間がとれないみたいでね。その日の夜から、長期の海外出張なんだそうだ。その人とは昔、仕事で縁《えん》があってな。俺の事業の可能性に期待してくれて――」

親父の言葉を、俺はリビングのドア越《ご》しに、ぼんやりと聞いていた。

またた。事業が失敗してから、親父はあちこちに連絡して、頭を下げて、なんとか会社をやり直せないか模索《もさく》している様子だった。でも、「うまくいった」という話は一度も聞かない。きっと親父は、じいさんを見返したくて必死なんだ。そう思うと、自分の親が痛々しく見えてくる。どうせ、今回も失敗に終わるに違いない。

俺は親に期待も同情もせず、自分の部屋に直行した。ベッドに寝転《ねころ》んでも、マンガを開いても、流行《はやり》の動画を眺めていても、ムシャクシャした気持ちは収まらない。暴力的な何かが、腹の底から湧《わ》き上《あ》がってくる。一度休日に、野々宮が両親と買い物をしているのを見たことがある。幸せぶりをアピールしているような笑顔に腹が立った。

じくじくと熱い拳《こぶし》を、何かに叩《たた》きつけてやりたくなった。

次の日も、俺は学校で野々宮葵生を遊び相手にして過ごした。みじめな野々宮を見ていると俺の顔は自然とゆるむ。胸の中を黒い何かが満たしている感じではあるが、それはある種の心地よさをともなった。野々宮を相手にしているときだけが、俺が幸せを感じる時間だった。

けれど、下校時間になると、その笑える時間も終わる。またあのクソみたいな家に帰らないといけないのかと思うと足が重くて、俺は仲間を誘《さそ》ってゲームセンターに立ち寄った。

1時間ほど遊んだころ、仲間の一人が「そろそろ帰らないと」と言い出した。俺はもっと遊んでいたかったけど——本当は、あんな家になんか帰りたくない——「今日、塾があるから……」という仲間の言葉にイラつきながらも、しぶしぶ帰ることにした。

仲間たちと別れて、俺は駅に向かった。すると、見覚えのある小さな背中が目にとまった。ホームで電車を待っていたのは、野々宮葵生だった。

まだ帰ってなかったのか——と思ってよく見たら、俺の記憶にあるより、ずっときれいなスニーカーをはいている。下校する前、あいつの靴箱に入っていたスニーカーにたっぷりと泥《どろ》を盛ってやったのに。たぶん、学校で泥を洗い落としてきたんだろう。だから、こんな遅い時間に駅にいるに違いない。

——泥だらけの靴で、またみじめな顔をして帰ればいいのに、反抗的《はんこうてき》なヤツだ。

そう思ったら、またムシャクシャしてきた。

あいつはぼんやりとホームの端に突っ立って、5分後にやってくる電車を待っている。俺は、隙《すき》だらけのその背中に向かって歩き出した。家に帰る前に、あいつのビビり顔でも見れば、少しは気が晴れる。

丸まった背中に近づいて、通りすがりに、わざとカバンをぶつける。不意を食らってよろけるか、ビビった声を上げるかすればおもしろい——と思ったら、野々宮は俺が予想したよりずっと大きく、バランスを崩《くず》した。前に向かってよろけて、その体を支えようとして足を踏《ふ》み出《だ》したものの、踏み出した場所にホームはない。

崩れた体勢を立て直すことができないまま、野々宮はホームから線路上に転落した。

「おい、誰かっ！　人が！　人が線路に落ちたぞっ!!」

誰かが叫《さけ》ぶ。小さな悲鳴が上がる。ブーッというビープ音がホームに大音量で流れ、誰かが非常停止ボタンを押したとわかる。駅員が何人も走ってくるのが見える。「誰かに押されて、転落したみたいだ」という声が聞こえる。誰かに指をさされる前に、俺はその場から逃げ出した。

——違う。違うんだ。突き落とすつもりなんてなかった。ただ、ちょっとビビらせるだけのつもりで……だいたい、そんなに強く押したわけじゃない。落ちたのは、あいつがぼーっとしてたからだ。あいつがのろまだからだ。だから俺は悪くない、悪くない、悪くない……！

気がつくと、俺は家にいた。駅を飛び出したところまでは覚えている。でも、そのあとどうやって帰ってきたのかわからない。「遅かったわね」という母さんの言葉にも返事をせず、自分の部屋にまっすぐ戻《もど》って、ヘッドフォンで耳をふさぎ続けていた。

どれくらい経ったのか、母さんが「晩ごはんよ」と呼びにきた。時間を見ると、夜の8時を回っている。時間を確認したとたん、猛烈《もうれつ》な空腹を感じた。

ダイニングに行くと、ちょうど親父が外から帰ってきた。じいさんは、俺たちとは一緒に食事しないから、とっくにすませて自分の部屋にこもってるんだろう。じいさんは親父や俺の顔を見るとネチネチ言い始めるから、いないほうが気が楽だ。

しかし、ダイニングにはじいさんがいないというのに、親父の機嫌《きげん》が悪そうだった。「いただきます」も言わずに食べ始めるのはいつものことだが、食器を扱う手つきがいつにも増して荒っぽいし、食事の合間合間に、これみよがしにため息をつきまくっている。

触らぬ神にたたりなしで、俺は黙々《もくもく》と箸《はし》を動かしていたが、母さんが沈黙《ちんもく》に耐《た》えられなくなったのか、余計な質問をする。

「ところで、あなた……例の件は、どうだったんです？　あの、出資してもらえるかもしれないっておっしゃっていた……？」

その一言を聞いた親父の表情が「不機嫌」から「絶望」に変わり、目には涙さえ浮かんだ。

「俺はもうダメかもしれない。俺だけじゃない。事業も、もうどうしたらいいのか、わからない。本当にこれが最後のチャンスだったんだ。でも、出資してもらうことで事業は間違いなく、軌道に乗るはずだった。なのに、商談先へ行くために電車に乗ったら、その電車が途中で緊急停止してしまったんだ。線路に落ちた人を救出するとかで、10分以上もな。そのせいでダイヤが乱れて、乗り換《の》え《か》もうまくいかなくて、約束の17時に40分ほど遅れちまった……。先方には事情を伝えたが、『もう海外出張に出ないといけないから、待っていられない』って、ほぼ入れ違いで会えなかったよ」

「え、それじゃあ商談は……？」

「パァだよ、パァ！　『もう一度、説明の場を設けさせてほしい』って必死に頼みこんだけど、『約束を守れない方とは取り引きできない』ってメールがきただけだ。くそっ……これで事業を立て直せると思ってたのに、全部台なしだ！　電車が緊急停止《きんきゅうていし》したのは、どっかのバカな中学生がホームから線路に落ちたせいだと。どうやら命は助かったらしいが、こっちは人生のかかった大事な商談が全部パァだ！　悪ノリした動画撮影でもしてたのか!?　悩みごとがあって、衝動的《しょうどうてき》な飛び込みか？　どっちにしろ、他人様《ひとさま》に迷惑をかけないでくれ!!　２人にあらかじめ言っておく。親父にも土下座をすることになるだろうが、この家は売らなきゃいけないことになるだろう。洸矢も、今の授業料が高い学校には通えなくなるから、覚悟しておいてくれ」

親父の口から出てくる一言一言を聞きながら、俺は、口に入れたものがなんだったのか、わからなくなっていた。味も、においも、食感も、すべてが失われて、脳をめぐる血液までもがなくなってしまったような感覚に陥る。

ドンッと、あいつが線路に落ちたときの鈍《にぶ》い音《おと》だけが、ひどく鮮《あざ》やかに耳もとによみがえった。

【ストーリー2】

「絶対にヘンなこと考えちゃだめだよ！」

急にうしろから話しかけられて、僕は飛び上がりそうになった。通学路にある歩道橋の上、飛び上がっていたら大変なことになっていたかもしれない。

ドクドクドクと暴走する心臓を制服の上から押さえながら、僕は振《ふ》り返《かえ》った。そこには、クラスの学級委員長、春名莉子《はるなりこ》が立っていた。

「春名さん……。びっくりした……」

「だめだよ、野々宮くん。ヘンなこと考えたら」

春名さんが真剣《しんけん》な表情で、もう一度、同じことを言った。肩《かた》につかないくらいの髪《かみ》が、歩道橋を吹《ふ》き抜《ぬ》ける風に揺《ゆ》れている。

僕は自分の気持ちをごまかすために、小さく笑った。

「ヘンなことって、なに？」

「……わからないならいいよ。なんか、思いつめた顔してたから」

「思いつめた顔？　そりゃそうだよ。理由はわかるでしょ？」

僕のつぶやきを聞いて、春名さんが痛みをガマンするような表情になる。もう帰ろうと思って歩を進めたとき、またうしろから声がした。

「荒木のこと、何もできなくてごめん！」

「え……」

「こんな状況《じょうきょう》、私だって悔《くや》しい。悪いのは荒木なのに！　荒木、家庭の事情があるらしいんだけど、そんなの、野々宮くんにひどいことしていい理由にならない。悪いのは絶対に荒木だよ。だから、野々宮くんは復讐《ふくしゅう》していいと思う」

「……復讐？」

冷静な声で物騒《ぶっそう》な言葉を口にした春名さんを、僕は振《ふ》り返《かえ》る。「そう」とうなずく春名さんの目は、やっぱり真剣《しんけん》だった。

「荒木みたいな人間は、どこにでもいる。他人の気持ちが想像できない、自分勝手なヤツ。あんなのので苦しむなんて、もったいないよ。こっちは何も悪いことしてないのに」

淡々《たんたん》と言葉を続ける春名さんは無表情だったけど、気配からは、怒りとか嫌悪《けんお》とか、そういうものが感じられた。

「だから、復讐《ふくしゅう》しなよ」

「ふ、復讐って……？」

「イジメられてることを、片っぱしから記録するの。たとえば日記とか。……えっ、もう書いてるの？　だったら続けて。でもそれだけじゃ、ウソの言《い》い逃《のが》れをされるかもしれない。誰《だれ》にとっても一目瞭然《いちもくりょうぜん》の証拠《しょうこ》を残したほうがいいと思う。イジメられてるところを撮影したり、録音したりできるといいかも。荒木がイジメの主犯格だったっていう決定的な証拠になるから。それで、撮影しておいた映像とか音声とかを、あとで派手に公開してやるの。イジメは犯罪なんだから、世間に知られたらタダじゃすまないよ。今すぐバラすより、高校生になるタイミングでバラしたほうが、荒木にダメージを与えられるんじゃないかな。イジメてる人間は、罰《ばつ》を受けるべきだよ」

春名さんの言葉を、僕は魅入《みい》られたように聞いていた。春名さんの言うことは、最高のアイデアのように思えた。

考えてみればたしかに、イジメられる側がどうなっても、荒木みたいなヤツは反省もしないし、傷つきもしないだろう。あいつ自身の身を滅《ほろ》ぼして、やっと、あいつは痛みを感じるんだ。

「わかった。僕、荒木に復讐するよ」

僕が決意を口にすると、春名さんは口もとでうすく笑った。

「じゃあ、毎日証拠を集めよう。それで、卒業式直前に、一気に動画を公開しよう。私も協力する。日本中の人が荒木たちの悪行を見て、『こいつは最低な人間だ』って烙印《らくいん》を押す。荒木の将来は終わるわ」

「うん。それが、僕の復讐だ」

こうして、僕は春名さんに言われたとおり、証拠を記録し始めた。スマホをタップするだけで録音できるように設定をかえて、いつも制服のポケットに入れておくようにした。そうしておけば、荒木たちに囲まれた瞬間《しゅんかん》にこっそりスマホをタップするだけで録音が始まる。僕に暴力をふるう荒木たちの声とか、僕がなぐられる音とか、簡単に録音できるようになった。

ときにはスマホを録画モードにしたまま、机の奥や、教室のうしろのロッカーにしこんでおいたりして、隙間《すきま》から、荒木たちの行動を録画した。撮影に失敗することも多いけど、いくつか決定的なシーンを録画することができた。仲間たちと一緒に僕をなぐったり蹴《け》ったりする荒木。僕から金を巻き上げる荒木。そして、下品に笑っている荒木。なにせ、荒木は毎日のように僕をイジメてくるから、撮影できるチャンスは多いのだ。

3年生のときにようやく荒木とは別のクラスになったけど、違うクラスなのにもかかわらず、何かと理由をつけてイジメは続いた。僕はその一つひとつを、できるだけ詳細《しょうさい》に記録していった。もはや、荒木の悪行を記録するために、僕は中学に通っていると言ってもいいほどだった。

――絶対に、荒木が僕にしたことをさらしてやる。僕が荒木にめちゃめちゃにされたみたいに、荒木も、荒木の将来も、めちゃめちゃになればいい。

復讐《ふくしゅう》の炎《ほのお》に毎日の「怒り」や「憎しみ」を薪《まき》のようにくべて、僕は、僕がイジメられている記録を残し続けた。

＊　＊

そして、もうすぐ卒業式を迎《むか》える。

春名さんに危害がおよぶのは避《さ》けたかったから、学校では極力、彼女とは話をしないようにした。ある日、その春名さんと放課後、学校から離れた公園で話をした。隣《とな》り合《あ》った別々のベンチに座って、お互い、目を合わせないようにしながら。

「いよいよ卒業だね」と、春名さんは言った。

「証拠《しょうこ》集めも、しなくてよくなるわ」

「うん。集めてきた証拠を、いよいよ公開する日がきたよ」

僕は、スマホで撮影した動画や録音データを、家でちまちま編集していた。この2年間、学校の勉強より、動画編集の勉強のほうが、熱が入っていたんじゃないかと思う。それだけ僕は、荒木への復讐を「生きがい」のように感じていた。

なのに、そんな僕を見て、春名さんはいつもの無表情で、こんなことを言った。

「復讐動画、公開しなくてもいいと思うよ」

「……え？」

僕は耳を疑った。

──「公開しなくてもいい」？　どういうことだ？

荒木を社会的に抹殺《まっさつ》するために記録を残しておくよう言いだしたのは──そして、それを卒業間際にSNSで公開してやれって提案してきたのは、春名さんだ。なのに今さら、「公開しなくてもいい」なんて。僕のこれまでの苦労はどうなる？

「どういうこと？『復讐《ふくしゅう》しなよ』って言ってきたのは、春名さんだよ？　僕は春名さんの言うとおり、荒木に復讐することだけ考えて、この2年間──」

「だって、乗り切れたでしょ？　2年間」

僕の言葉をさえぎるように聞き返してきた春名さんを、「え？」と僕はとまどいながら見つめる。春名さんは初めて、にこっと、無邪気《むじゃき》な微笑《ほほえ》みをこぼした。

「2年前、歩道橋で見かけたとき、私、野々宮くんが本当に飛び下りるんじゃないかって思ったの。それで、止めなきゃって思った。悪いのはイジメてる人間なのに、イジメられてるほうが、何もかもあきらめて人生からドロップアウトしなきゃいけないなんて、絶対におかしい。私は、そんな悲劇を見たくなかったし、許せなかった。だから、荒木に復讐することを提案したのよ」

「それって、どういう……」

「動画や音声を集めて卒業するときにSNSで公開すれば、荒木のしたことが明るみに出て、荒木は社会的に抹殺《まっさつ》される。そう言えば、野々宮くんは生きる意味を見出してくれると思った。少なくとも、卒業するまでの間、野々宮くんはそのことに支えられて、ヘンなことを考えないんじゃないかって。荒木に復讐してやるっていう気持ちが、野々宮くんの命をつないでくれると思ったの。荒木の運命を自分が握《にぎ》ってるって思ったら、気持ちが楽になることもあったんじゃない？」

僕の頭の中は、まだ混乱している。けれど、春名さんは語り続ける。

「野々宮くんは復讐心を支えに、学校生活を耐《た》え抜《ぬ》いた。つまり、私の目的は達成されたの。私の本当の目的は、荒木を社会的に抹殺《まっさつ》することじゃなくて、野々宮くんに生きてもらうことよ。もちろん、どうしても荒木が許せないなら、動画を公開するっていう選択肢《せんたくし》はあると思う。でも、荒木とは別の高校だよね？　4月からは顔を合わせなくなるんだから、イジメられる心配もなくなるわけだし、もう動画ごと荒木のことを忘れるっていうのも、選択肢のひとつだと思う」

そこまで言うと、春名さんは、「じゃあね」と小さく手を振って、公園から去っていった。

春名さんが立ち去ったあとも、僕はその場から動けなかった。春名さんの言葉を何度も頭の中で繰《く》り返《かえ》して、必死に考えをまとめる。

荒木を許せない気持ちは、もちろんある。でも、動画を公開して、荒木を社会的に抹殺することに成功したとして、それは気持ちのいいことなんだろうか？　そんなふうにも、ここ最近、僕は考えるようになっていた。

もしかしたら、世間はイジメを受けていた僕に同情してくれるかもしれない。でも、僕のやり方に批判の声もきっと上がるだろう。「録画なんてしてないで、なんで周囲に相談しなかったのか」と。子どもに相談されなかった父さんや母さんにも、批判の目が向くかもしれない。

それに、僕は今、生きている。エネルギーになったのは、春名さんの言ってたとおり「復讐心」だったかもしれないけど、それでも僕は、2年前の歩道橋に立っていたあの日より、何倍も軽快な気持ちで、今ここにいる。

「だったら、それだけでもいいのかな……」

このまま、春名さんの思惑《おもわく》に乗っかってみるのも、悪くない気がした。

それに、今は早く家に帰って、もっと動画編集の勉強をしたい。誰かを抹殺する動画より、誰かを笑わせたり感動させたりできる動画を、今度は、作ってみたいと思っているから。

【ストーリー3】

息子の日記を初めて読んだとき、俺は目の前が真っ白になった。日記が始まったのは、5年前の9月10日だ。

日記はそのあとも続いていて、そこに綴《つづ》られた苦痛は叫《さけ》びに近いものになっていった。痛い、つらい、苦しい、しんどい……血のにじむような言葉が俺の胸をえぐる。

日記は、翌年の5月15日で終わっていた。内容は、「明日は学校行事のハイキングだけど、絶対に荒木がまた何かしかけてくる。行きたくない」というもので――そして、この日記を残した翌日、息子の葵生は死んだ。

中学2年生になったばかりだった。5月16日に行われた学校行事のハイキングで、川遊びをしていた最中に流れに足をとられ、葵生はおぼれてしまったのだ。

後日、警察からは、こう報告された。

「葵生くんは、浅瀬で友だちと遊んでいたようです。葵生くんと遊んでいた男子生徒が、『葵生くんがからんできたから軽く手を払ったら、葵生くんがバランスを崩《くず》して川の中に転んで、そのまま流されてしまった』と証言しています。不幸な事故だった、と結論づけるほかありません」

その説明に、俺はまるで納得できなかった。

息子はふざけていたのではなく、イジメられていたのではないか。息子の死は、「事故」などではなく、「事件」なのではないか。俺はずっと、そう考えていたのだ。

息子がまだ中学1年生のころ、様子が変だと感じたことがあった。まるで元気がないし、手足に生傷をこしらえていることもあったから、妻と一緒に「何かあったのか?」と、葵生に尋《たず》ねてみた。しかし葵生は、「なんでもない」「大丈夫《だいじょうぶ》」「体育で転んだ」などと言うばかりだった。

俺はそのころからイジメの可能性を考えて、葵生の担任に相談したこともある。長谷《はせ》という30代後半の女性教師だった。長谷先生は、最初「まさか」という顔をしていたが、俺が真摯《しんし》に訴《うった》え続《つづ》けると、「わかりました。私のほうでも注意深く観察してみます」と、深くうなずいてくれた。それで多少は期待していたのだが、結果として、葵生の体から生傷が減ることはなかった。

そのことでまた、俺は長谷先生に「どういうことですか」と詰《つ》め寄《よ》ったのだが、彼女は「申し訳ありません……」と、苦しげに頭を下げるばかりだった。

「じつは、葵生くんがイジメを受けている決定的な瞬間《しゅんかん》を見た教師は、私を含《ふく》め、誰もいなくて……。クラス全体に何度も呼びかけて、注意をうながしてはいるのですが、『このクラスに、イジメなんてありません』『先生の勘違《かんちが》いじゃないですか？　誰がそんなことを言っているんですか？』と返ってくるばかりで……。力及《ちからおよ》ばず、申し訳ありません……」

これでは埒《らち》が明かないと、校長や教頭に直談判《じかだんぱん》したこともあったが――結局、その甲斐《かい》もなく、2年生になってほどなくして、葵生は死んでしまった。

ただの事故として処理されたことに納得いかず、俺は当時の状況について、教師たちに問いただした。すると、「遊んでいた最中に葵生が川の中で転び、流されてしまった」と証言した男子生徒は、市の教育長の孫であることがわかった。

その事実を知った俺は、さまざまな想像をめぐらせた。葵生が川で転倒したと証言したその「荒木」という生徒が、葵生をイジメていた張本人だとしたら？　学校側は、「権力者を相手に、ことを荒立てたくない。教育委員会と対立したくない」と考えるのではないだろうか。そして、その一心で、学校側はイジメの事実を隠蔽《いんぺい》したんじゃないだろうか。だからこそ、「イジメではなく不幸な事故です」「荒木くんに悪意はありませんでした」と、俺や妻を言いくるめようとしたんじゃないだろうか。「手を払ったら、転んで流された」という荒木の証言が真っ赤なウソで、もしかしたら、葵生は荒木の手によって命を落としたという可能性だって、あるかもしれないというのに。

俺と妻は、さらに学校に抗議した。

「息子はイジメを受けていたはずだ。1年のころからだと思います。今回のことだって、イジメの延長線上で起きたことだとしたら、『事故』じゃなくて『事件』だ！　もっとちゃんと調べてくれ！　息子をイジメた生徒たちに、しかるべき処分を下してくれ‼」

しかし、俺の声が聞き届けられることはなく、イジメの真偽《しんぎ》もはっきりしないまま、息子をイジメていたと思われる荒木洸矢は中学を卒業してしまった。

あれから5年。あの日から、入ることさえできなかった葵生の部屋をそろそろ片づけなければと決意した矢先に、当時の日記を見つけたのだ。

「やっぱり、葵生は荒木洸矢にイジメられていたんじゃないか……！」

なにが「不幸な事故」だ。この日記には、葵生の苦しみが刻まれている。葵生がイジメを受けていた確固《かっこ》たる証拠《しょうこ》だ。荒木洸矢のせいで、葵生は死んだんだ。それに妻も、葵生を亡くしたショックで体調を崩《くず》して、半年前に病死した。俺は荒木洸矢に、人生でもっとも大切なものを2つも奪《うば》われたのだ。

なのに、そんな重罪を犯した荒木洸矢が裁かれることはなかった。あいつのせいで、葵生が死んだというのに……。

「だったら——世間が裁けないなら、葵生を殺した犯人に、俺がこの手で復讐《ふくしゅう》してやる……」

そう決意した俺の行動は早かった。「荒木洸矢」という名前はわかっている。見つけ出すのは、造作もないことだった。

荒木は地元の青南《せいなん》学院高等学校を卒業したあと、エスカレーターで青南学院大学に進学していた。罪を犯したにもかかわらず、地元に残っているなんて、ツラの皮の厚いやつだ。「罪に問われなかった自分は、何も間違っていない」と、ふんぞり返っているんだろう。頭の中身が詰《つ》まっていないやつは、お気楽で結構だ。俺としても、そのほうが助かる。

ある夜を、俺は決行日と決めた。その日、荒木洸矢は大学仲間とのどんちゃん騒《さわ》ぎを終えて、深夜に帰宅する見込みだった。帰り道を襲《おそ》えば、人目につくリスクが低くなる。俺は、1人になった荒木を尾行した。そして、荒木が歩道橋に差しかかり、下りの階段を下り始めようとしたその瞬間《しゅんかん》、渾身《こんしん》の力をこめて荒木の背中を突《つ》き飛《と》ばした。

荒木は声も上げなかった。ガンッ、ゴゴゴンッ、と派手な音を立てて歩道橋の階段を一番下まで転がり落ち、そしてピクリとも動かなくなった。

首がヘンな方向に曲がって微動《びどう》だにしない荒木を、俺は歩道橋の上から見下ろしてつぶやく。

「俺は軽く払っただけなのに、おまえがバランスを崩《くず》したんだよ」


荒木洸矢は、こうして裁きを受けた。葵生も、失意のうちにこの世を去った妻も、きっと喜んでくれるはずだ。


俺は2人に報告するため、翌日、墓地へ向かった。葵生の好きだったプリンを、妻の分と合わせて2つ、墓前に供えて線香に火をつける。手を合わせて目を閉じ、俺はそっと報告した。

「葵生。父さんが仇《かたき》を討ったからな」

胸の奥が、ようやくすっとした。「ありがとう、父さん」と、葵生がささやいてくれた気がして顔を上げ、立ち上がると、ふと、人の気配を感じた。

気配のしたほうに顔を向けた俺は、そこに1人の青年が立っているのに気づいた。俺より少し背が低くて、キャップをかぶっているが、顔つきは高校生くらいに見える。どこかで見たことのあるような気がする顔だが、誰かは思い出せない。その青年が、少しずつこちらに近づいてきながら、小さな声で尋《たず》ねてきた。

「あの……野々宮さん、ですか？」

「そうだけど……えっと、どちらさま――」

俺は言葉をのみこんだ。青年が唐突《とうとつ》に距離を詰《つ》めてきて、真正面から俺のふところに飛びこんできた。そう思ったら、腹に鋭《するど》い衝撃《しょうげき》が走った。

「――え……？　な、に……」

ズルリと、灼熱《しゃくねつ》の感覚をともなって、腹から何かが抜ける。ボタボタボタッと音を立ててこぼれた何かで足もとが真っ赤にぬれて、その上に、俺はどっとひざをついた。足もとをぬらした赤いものは、俺の腹からこぼれた鮮血《せんけつ》だった。

そして、俺の前には高校生くらいの――真っ赤に染まったナイフを手に、シャツまで赤く染めた青年が、光の抜け落ちた瞳《ひとみ》をこちらに向けて立っていた。

「はじめまして、野々宮さん。復讐《ふくしゅう》にきました」

「ふく、しゅう……？」

ひざ立ちになっている余力《よりょく》もなく、俺はその場に倒《たお》れこんだ。その隣《となり》に、青年が腰《こし》を落とす。

「あなたの息子、5年くらい前に死んだでしょ？　それで、自分の息子が死んだのは学校に責任があるって乗りこんで騒《さわ》ぎ立《た》てて、息子の担任だった長谷っていう女性教師を、しつこく責めましたよね。『息子はイジメられていたんだ、あんたもわかってただろ』『イジメの犯人を見つけて処罰《しょばつ》しろ』『あんたが息子を見殺しにしたんだ』『こうなった責任を、あなたがとれるんですか？』『息子を返せ！』って。そのせいで、その女性教師は精神的に追いつめられて自死したんです。知らなかったでしょう？　僕は、その亡くなった長谷っていう教師の息子です。母は、あのころ本当に必死でした。『自分のクラスでイジメが起こってるかもしれない。どうにかして、イジメられてる生徒を守らないと』って。でも、イジメているほうがなかなかしっぽを見せないというようなことも、こぼしてました。『しかも、イジメている生徒の身内に権力者がいるから、学校側の動きが鈍《にぶ》い。こんなことじゃいけない』って、正義感をもって対処しようとしていましたよ。でも結局、イジメられていた生徒が亡くなったとかで、母は心身のバランスを崩《くず》しました。罪のない母──いや、それどころか、被害者の味方だった母を攻撃して精神的に追いつめて死に追いやった人間を、僕はずっと恨んできました。逆恨みと思うなら、そう思っていただいて結構です。あなたは自分の復讐しか頭になくて、母のことなんて、見もしなかった。いや、見ていたとしても、『いい気味だ』くらいに思っていたんじゃないですか？

この5年は、あなたに復讐するための5年間でした。これでようやく、復讐が終わります」

——あぁ、そんな……そんな……。

葵生が中学1年生だったときの、長谷という苗字《みょうじ》の女性教師を俺は思い出そうとした。葵生はイジメられているのではないか、だったら犯人に厳重注意をしてくれと、何度も申し出た相手だ。「力《ちから》及《およ》ばず、申し訳ありません……」と頭を下げられたこともあったが、それでは、とうてい納得できなかった。2年になって葵生が死んだあとにも、前年度の担任だったから何か知っていたんじゃないかと、何度か話を聞きに行ったことがある。

何度も何度も顔を合わせているはずなのに、言葉を交わしているはずなのに、刻々と濁《にご》っていく意識の中で、俺は葵生の担任だった女性教師の顔を思い出すことができなかった。

ただ、青年が満足そうに微笑《ほほえ》む気配だけが、痛いくらい伝わってきた。

＊　＊

――この3つが、僕が占い師のおばあさんから聞かされた未来の話だ。

「さぁ。この3つの中から、好きな未来を選ぶといい。選んだ未来が訪れるよう、ワタシが祈《いの》ってあげよう。まぁ、3つ目は選ぶはずはないと思うがな」

おばあさんはそう言って、僕に、しわくちゃの手を差し出してきた。

未来、その1。僕をイジメている荒木洸矢の父親が事業に失敗し、荒木が僕をホームから突《つ》き落《お》としたせいで、その事業の復活ができなくなり、荒木洸矢が不幸のどん底に落ちる。

未来、その2。クラスメイトの春名さんのアドバイスを受け入れて、僕が、荒木を社会的に抹殺《まっさつ》できるだけの「武器」を手に入れる。

未来、その3。イジメの末に僕は死んで、それを知った父さんが荒木に復讐《ふくしゅう》するけど、父さんもまた別の人間から恨《うら》まれて、殺されてしまう。

どれかを選べと、おばあさんは言った。それじゃあ……と、僕は答えた。

「僕は、その3つとは違う未来を選ぶよ」

僕がそう言った瞬間《しゅんかん》に、それまでは糸みたいに細かったおばあさんの目が、真ん丸になった。

だって僕は、荒木が破滅《はめつ》する未来も、僕が3年間イジメ続けられる未来も、ましてや僕自身や父さんと母さんが死んでしまう未来も、望んでなんかない。もちろん、荒木のことは大嫌《だいきら》いだ。でも、おばあさんが話してくれた未来の世界みたいに、荒木の将来がメチャクチャになったり、荒木が死んでしまうことを願っているのかと聞かれると、そういうわけではない。だからおばあさんには、「どれも祈《いの》らなくていいです」と、断ってきた。

明日、僕は父さんと母さんに、学校でのできごとを全部話そうと思う。そして、できれば転校したいと、言おうと思う。イジメられてる僕が逃《に》げるのはおかしいって、春名さんは言ってくれるかもしれないけど、逃げることが悪いことだとは、今の僕は思わない。僕が荒木の目の前から消えることで、荒木の未来が救われることだってあるかもしれない。

誰の将来もダメにならない。誰も不幸に死んだりしない。そんな「4つめの未来」を、僕は自分で作ろうと思う。

（作　桃戸ハル、橘つばさ）

人生で一番怖《こわ》かった話

ではさっそくですが、私の人生で一番怖かった話をしましょう。

これは、ちょうど1週間くらい前に実際に起きた出来事なのですが……。

私がベッドの上で寝ておりますと、急に金縛《かなしば》りになりまして……。まったく体が動かせなくなってしまったのです。精一杯《せいいっぱい》体に力を込めても、体はピクリとも動かない。声も出ない。だから、家族にも助けが呼べないんです。全身の毛穴《けあな》から、汗が噴《ふ》き出《だ》しました。

ただ、何とか、瞳《ひとみ》だけは動かせるのです。暗闇《くらやみ》の中、瞳を動かしますと。カーテンの隙間《すきま》から差し込んでくる街灯《がいとう》の光で、うっすらと部屋の中の様子が確認できました。一見、いつもと変わらない部屋の様子なのですが――ちょうどテレビの後ろに、黒い影《かげ》のようなものがいることに気がつきました。私は、あまりの恐《おそ》ろしさに、呼吸すらも苦しくなりましたが、まだ金縛りは続いています。しかも、テレビの後ろにいた影が、少しずつこちらに近づいてくるではありませんか！　私には、なす術《すべ》がありません。これまで生きてきて、こんなに怖い経験は初めてです。心の中で祈《いの》りました。助けてください！　助けてください!!　助けてください!!!　と。けれども、どんどん影は近づいてきます。そしてついに、私のベッドの脇《わき》までその影は近《ちか》寄《よ》ってきました。許してください！　今度は、何度も祈りました。でも、祈りは通じません。濡《ぬ》れた、黒く長い髪《かみ》。白目をむいた、濁《にご》った目。横に大きく割けた口。

この女はこの世の者ではない！　そのことは直感的にわかりました。私は必死に声を振《ふ》り絞《しぼ》りました！　そしてようやく「来るな！」と、声が出ました。すると女は、ビックリしたのか、頭を天井のほうへ上げました。すると、ベッドの上に吊《つ》られていたベッドメリーに頭をぶつけ、オルゴールとともに、ベッドメリーが回転し始めたのです。

え、なんですか？　分かりませんか？　ベッドメリーですよ。このベッドに備えつけられているそれですよ。見ればわかるでしょう？　回転しながら音楽が鳴っているじゃないですか。私の説明が下手なんですかね？　それですよ、それ。そう、女が頭をぶつけた後、それが回転して、音が鳴ったんですよ。

「いやぁぁぁぁぁ！」

ベビーシッターの女性は、驚《おどろ》きのあまり腰《こし》を抜《ぬ》かした。そして、青い顔でベビーベッドから離れようと後ずさった。

なぜ彼女が腰を抜かしたのか――。

「いっぱいおしっこをしてまちゅね。たくさんミルクを飲んだんでちゅか？」

そう言いながら、彼女がオムツを交換《こうかん》しようとしたとき、生後6ヵ月の赤ん坊が、「おしっこをもらした理由を話しましょうか」と言って、流暢《りゅうちょう》な日本語で『人生で一番怖かった話』をし始めたからである。

（作　井口貴史）

夢のサブスク

サブスクリプション・サービス——通称《つうしょう》サブスク。

月額などの定額料金を支払うことで、一定期間様々な商品・コンテンツを利用することができるサービスの総称である。

映画やドラマ、音楽など、様々な分野でサブスクが広がっていく中、まさに「夢のサブスク」が現れた。それは誇大広告《こだいこうこく》などではない。定額料金を支払《しはら》うことで、「好きな夢」が見放題——文字通り「夢のサブスク」なのだ。

人間に特定の夢を見させるVD（ヴァーチャル《Virtual》・ドリーム《Dream》）技術の発明によって、人類は夢の世界をコントロールできるようになった。

自由自在に空を飛ぶ夢、ハラハラドキドキの大冒険の夢、切ない恋《こい》の夢、身も凍《こお》る怖《おそろ》しい悪夢……。どんな夢でも自由自在。お金持ちでも、探検家でも、王子や王女でも、カエルにだって、夢の中なら好きなものになれる！

初めの頃のVDでは、ゲームソフトのように見たい夢を一本一本買わなければならなかった。

「なあ、『ドリクエ』の新作、もう見た？　いろんな魔法《まほう》が使えてもう最高！」

「いいな〜。こないだ別の夢を買っちゃったからな〜。今月は、新しいのは無理かもしれない」

子どもから大人まで誰もが話題の夢や新しい夢を買い求め、VDに夢中になった。その臨場感とリアリティは、小説やマンガはもちろん、大画面のゲームや映画ですらまったく比較《ひかく》にならないほどだった。夢でなら、本当にその世界の中に入り込んで現実ではありえないようなことでも体験することができるのだから。

それまでにない表現媒体《ひょうげんばいたい》として、VDはクリエイターたちにも大きな刺激《しげき》を与えた。様々なストーリーやしかけを持った夢の名作が次々と生み出された。

VD技術が進歩する度、新しい可能性が開かれ、売り出される夢もどんどん増えていく。もっと素晴らしい夢を、もっともっとたくさん見たい――人々の欲求は、とどまるところを知らず新しい夢を求め続けた。

そしてついに、一本ずつソフトを売るのではない、定額制の「夢のサブスク」が始まったのである。

このサービスを利用すれば、これまで発売された夢はもちろん、最新の夢も次々に追加され、無数の夢を好きなだけ堪能《たんのう》することができるのだ。

「夢のサブスク」の登場——それは、お金をかけなくてもすむ最高の娯楽《ごらく》の誕生だった。その結果、人々の睡眠時間《すいみんじかん》や睡眠の回数は増え、国の生産力が落ちたことが社会、経済的な問題となったが、VDが規制されることはなかった。その規制を議論する政治家や役人たちも、みんなVDを楽しみ、その魅力《みりょく》の虜《とりこ》になっていたからである。何より、睡眠時間が増えたことで、人々が健康になったことも「夢のサブスク」の広がりの追い風となった。

＊　＊

「こないだ見た夢、ヤバかった。5回も連続で同じ夢を見ちゃった。あの傑作《けっさく》は、みんなも見たほうがいいよ」

「あの夢ね。見た見た！　最近いろんな夢見まくってるよ。本当にサブスクって便利だよな！」

こうして人々は、さらに自由に夢の世界を楽しむことができるようになった。

とはいえ、作られたすべての夢が配信されるわけではなかった。著作権《ちょさくけん》や契約《けいやく》の関係でサブスクに入らないものもあるし、配信されていたものが消えてしまうこともある。

「あれ！　こないだまで、この夢見れたのに！」

「ほら、その夢に出ている出演者がさ、この間、逮捕《たいほ》されたでしょ。そのせいだよ」

関係者の不祥事《ふしょうじ》で配信が止められたり、そうでなくても、時代が変わって差別的な表現が含《ふく》まれると言われるようになったりして見られなくなる夢もある。

そのため、あえて過去の夢のソフトを集めるマニアたちも現れた。夢マニアたちは誰もが知るような夢では飽《あ》き足《た》らず、さらに素晴らしい夢を求めて、配信されていないレアな夢や、仮に配信されていても人に知られずに埋《う》もれてしまっている隠《かく》れた名作などを探し出し、それを自慢《じまん》しあうのだった。

「これは『夢の盆踊《ぼんおど》り』。昔、自主製作でわずかな本数が作られただけだから、超貴重な夢ソフトだぞ」

「そんなの珍《めずら》しいだけの駄作《ださく》だよ。知る人ぞ知る名作『アタック・オブ・ザ・ナイトドリーム』は、お笑いパニック夢ソフトの大傑作《だいけっさく》だぞ。低予算であれだけのものが作れるんだから、すごいよ。サブスクで配信されているのに見てないなら、不勉強と言われてもしかたないね」

とある夢マニアの男が一人、その日もVD装置をランダム再生モードにして眠《ねむ》りについた。

そうやって無作為《むさくい》にいくつもの夢を見ることで、誰も知らない名作を探すのだ。

VDは人類にとって、最大の娯楽《ごらく》となった。もっと自由な夢を、もっと見たこともない夢を――VDによって、マニアであろうとなかろうと、素晴らしい夢との出会いをもはや誰もが、まさに夢見るようになった。

そしてその日、彼は信じられないほど素晴らしい夢に出会った。

自由奔放《じゆうほんぽう》な筋書き、幻想的《げんそうてき》で奇抜《きばつ》なイメージ。そして何より、その臨場感――数多《あまた》の夢を見てきた彼自身はもちろん、他のマニアたちからも聞いたことがない、奇跡《きせき》のような夢だった。

「すごい！　とんでもない夢を見つけたぞ！」

彼は夢を見ながら大興奮した。

翌日、彼の見た夢の話に友人たちはみんなが興味津々《きょうみしんしん》で聞き入った。

「聞いているだけだと、何が面白いのかよくわからないけど、キミがそうまで言うんだから、よっぽどの傑作なんだろうな！」

「ぜひ見てみたい！　それはなんというタイトルの夢なんだ？」

周りから羨望《せんぼう》の眼差《まなざ》しを受けながら、しかし、男は困《こま》ったように答えた。

「それが残念なんだけど、もう見れないんだ」

「どうして？　配信が終わってしまったのか？」

男は首を振《ふ》って笑った。

「いや、実はその夢を見たとき、僕のＶＤ装置は故障して動いていなかったんだ。つまり、ＶＤではなく、正真正銘《しょうしんしょうめい》、本物の――昔の人が見ていた『夢』だったんだと思う。忘れていたよ。本物の夢があんなに自由で、作為を超《こ》えた想像力にあふれたものだったなんて。ＶＤのおかげで、僕らは自由に夢を見られるようになったけど、その実、本物の『想像を超える夢』を失ってしまったのかもしれないな……」


（作　森久人）

檸《れ》檬《もん》と桜

街を歩いていると、向こうから友人が歩いてくるのが見えた。

その友人は、小説を書いている男で――彼が書いている作品を、「詩みたいだ」と思うものの、その価値は、自分のような凡庸《ぼんよう》な感性ではまったく理解できていなかったのだが――僕は彼のことが「人」として大好きだった。

その彼が、何かから逃げるように、背を丸めながら早足でこちらに向かってくる。顔を見ると、目はうつろで、肌《はだ》には血の気がない。

僕は彼に声をかけると、心配になって事情を聞いた。最初、彼は下を向いたまま黙《だま》っていたが、おもむろに顔を上げ、はっきりと僕に言った。

「本屋に爆弾《ばくだん》をしかけてきた」

その言葉に僕は、大きな衝撃《しょうげき》を受けた。彼の性格的にも、今の様子からも、その言葉に嘘《うそ》はないだろう。だが、「爆弾をしかけた」ということもさることながら、その犯人が彼であることが、にわかには信じられなかった。

彼は芸術家だけあって、とても繊細《せんさい》な心の持ち主である。

彼がどのような理由で本屋に爆弾をしかけるに至《いた》ったのかは、わからない。しかし、爆発によって引き起こされた惨事《さんじ》に、彼の心が耐《た》えられるとは、とうてい思えなかった。

――この男を犯罪者にしてはいけない。

僕は、作家としての彼の価値は、よくわからない。しかし、人としての彼のことは知っている。彼を失うわけにはいかなかった。

脅《おど》すように、どこの本屋の、どの場所に爆弾をしかけたのかを彼から聞き出し、僕はその本屋へと急いだ。彼は、「美術書の棚《たな》に爆弾をしかけた」と言っていた。「爆弾は、大きなものではないが、黄色いからわかるだろう」とも。それ以上は、何もしゃべってはくれなかった。

息を切らして本屋に到着すると、美術書の棚の一角に、無造作に積み上げられた本があった。そして、その本の上には、一個の檸檬《れもん》が置かれている。それは機械じかけなどではない。本物のみずみずしい紡錘形《ぼうすいけい》の檸檬だ。

僕は、一安心するとともに、爆弾《ばくだん》に見立てた檸檬《れもん》を見つめながら考えた。彼はこの爆弾で何を壊《こわ》したかったのだろう。そして、詩人の魂《たましい》をもつ友人が、繊細《せんさい》がゆえに感じるこの世界の生きづらさ、息苦しさを思わずにはいられなかった。

＊　＊

僕の中で「檸檬爆弾事件」と名づけている出来事以来、なかなか会う機会がなくなっていた友人を花見にさそったら、珍《めずら》しく友人から「参加するよ」という返事をもらうことができた。

僕は、あのことがあっても友人をうとましく思うことはなかったが、友人のほうが、あまり人と会わなくなってしまったのだ。

もともと繊細な感性の持ち主だから、特に花見の宴席《えんせき》などは苦手なのかもしれないし、病に罹患《りかん》したとも聞いていたから、他人に病気を伝染《うつ》すことも気になってしまっていたのだろう。

これまで、何度花見にさそっても乗り気にならなかった友人が、花見に参加してくれている。桜の樹の下で笑顔でお酒を飲んでいる友人の姿《すがた》を見て、僕は無性にうれしくなった。

＊　＊

私を花見にさそってくれた友人は知っているのだろうか。この桜の樹の下に何が埋まっているのかを。

——桜の樹の下には、屍体《したい》が埋まっている。

そうでも考えないと、桜の花があんなにも見事に咲く理由がない。私は、桜のあの美しさが信じられなかった。しかし今、ようやくわかった。桜の樹の下には屍体が埋まっているのだ。

これまで、私は桜の美しさが信じられなかったから、不安になり、憂鬱《ゆううつ》になり、空虚《くうきょ》な気持ちになった。しかし、爛漫《らんまん》と咲き乱れている桜の樹の一つひとつの下に屍体が埋まっていると想像してみると、すべてに納得がいく。

馬のような屍体、犬猫のような屍体、そして人間のような屍体、屍体はみな腐乱《ふらん》して蛆《うじ》がわく。それでいて、水晶《すいしょう》のような液を、たらたらとたらしている。桜の根は蛸《たこ》の足のように、それを抱きかかえ、いそぎんちゃくの食糸《しょくし》のような毛根を集めて、その液体を吸っている。

何があのような美しい花弁《かべん》を作っているのか――それは毛根が吸い上げる水晶のような液だ。そのことがわかって、私は桜の花の美しさの理由を知った。私は、ずっと私を不安がらせていた神秘から自由になった。

二、三日前、私は谷で、水のしぶきの中から生まれ、空をめがけて舞い上がるうすばかげろうを見た。彼らは、これから美しい結婚をするのだろう。そして、しばらく歩いていると、私は河原の小さい水たまりの中に、石油を流したような光彩《こうさい》が一面に浮いているのを見た。それは、何万匹とも数のしれない、うすばかげろうの屍体だった。隙間《すきま》なく水面をおおっている、かげろうの翅《はね》が、光にちぢれて油のような光彩を流しているのだ。そこは、産卵が終わった彼らの墓場だった。

私はそれを見たとき、胸がつかれるような気がした。そして、残忍《ざんにん》なよろこびを味わった。

――ああ、桜の樹の下には屍体が埋まっている！

いったいどこから浮かんできた空想かさっぱり見当のつかない屍体が、今はまるで桜の樹と一つになって、どんなに頭を振っても離れない。

今こそ私は、あの桜の樹の下で酒宴《しゅえん》をひらいている人たちと同じ権利で、花見の酒を美味しく飲めそうな気がする。

＊　＊

美しい桜の花を見て複雑な笑顔を浮かべる友人を見て、彼が、ただ酒席の楽しさに顔をほころばせているのではないことは容易にわかった。

しかし、それでもいい。

僕には彼が書く詩のような文学の世界のことは理解できない。彼のあふれるばかりの想像力が、彼をどれほどこの世界に居づらくさせているのかもわからない。

でも、彼がどのような感性であれ、この世界に美しさを見出し、そして笑っていられるなら、それでいい。僕は、友人のささやかな、しかし誰にも邪魔《じゃま》することのできない幸せを願わずにいられなかった。

（原案　梶井基次郎「檸檬」「桜の樹の下には」　翻案・構成　蔵間サキ）

つないだ手と手

どうしても、忘れられない恋《こい》がある。

気づけば、あれから30年以上が経った。それでも、ともに過ごした日々の記憶《きおく》はいまだに少しも色あせないし、あれ以上の恋に落ちたこともない。それだけ、その恋は堺宗一郎《さかいそういちろう》にとって、たったひとつの恋だった。

相手も宗一郎のことを好きだと言ってくれた。それは幸せなことだったが、同時に、どうしても報われないことがあった。

宗一郎が恋をした相手は、宗一郎と同じ、男性だった。当時は、同性同士の恋愛に対して、今よりもさらに理解がない時代である。想いは通じ合っていたのに、宗一郎はその恋人と、一緒《いっしょ》にいるということだけが、どうしてもできなかった。

——男同士で「好き」なんて、おかしいんじゃないか？

――お母さんの育て方が悪かったせいで、こんなことに……。

――気持ち悪い……。

一緒にいれば、そんな心ない声が、四六時中、宗一郎と恋人に向けられた。公然と付き合うなんて夢のまた夢だったし、2人で暮らすことも、手をつないで街を歩くこともできない。好奇《こうき》の目を向けられることや、嘲笑《ちょうしょう》まじりの悪口雑言《あっこうぞうごん》を浴びせられることに、宗一郎も恋人も、長くは耐《た》えられなかった。

「時代に合った生き方を選ぶしかない」

あきらめにも似《に》た理由を口にして、2人は関係を断った。

その後、宗一郎は親に強引にすすめられた見合いをして、相手の女性と結婚した。親もそれで一応は安心したらしい。妻のことは「好き」ではあるし、一人の人間として尊敬も信頼もできる。しかし、それは「狂《くる》おしいほど愛おしい」のとは違う感覚だという実感が、宗一郎の胸には常に沈殿《ちんでん》していた。

――生まれる時代さえ違っていれば、俺は彼と人目を気にせず、自分の恋を貫《つらぬ》き通せたのだろうか。彼にも嫌《いや》な思いをさせず、幸せな人生をともに送ることができたのだろうか。

同性同士の恋愛に対する理解が少しずつ広まっていくのを実感するにつれ、そんな「もしも」の思いが胸をつく。そのことを、銀婚式を迎《むか》えた妻に気づかれた。

「あなたの心の中には、ずっと、違う人がいるでしょう？　そんな気持ちでわたしと一緒にいても、きっと、あなたは苦しいだけ。わたしたちもういい年齢《とし》なんだから、それぞれ1人の人間として、これからの人生を好きに歩めばいいと思うの。それが、お互いの幸せのためだわ」

気丈《きじょう》に言って、妻は宗一郎より先に、離婚届《りこんとどけ》に判を押した。心から申し訳なく思うと同時に、最後まで、尊敬できる妻だった。

宗一郎は一人暮らしを始めた。妻に言われたとおり、生きたいように生きよう。その決心が天に届いたのか、ある日、宗一郎の耳になつかしい名前が飛びこんできた。

天城祐介《あまぎゆうすけ》。それは、30年以上も前に「狂《くる》おしいほど愛おしい」という気持ちを宗一郎の胸に深く刻みつけた、最愛の人の名前だった。

宗一郎は天城を探した。なんとしてでも見つけだして、話がしたい。彼が見つかるなら、残りの人生をすべて懸《か》けてもいい。そんな祈《いの》りにも似《に》た想いが、またしても天に届いたのかもしれない。宗一郎は、天城祐介を見つけだした。

天城は郊外のアパートにいた。宗一郎が1人で訪ねていくと、宗一郎の顔を見た天城は最初こそ目をみはったものの、「やあ」と微笑《びしょう》をこぼして、宗一郎を部屋に上げた。

「すぐに僕だと、わかったかい?」

「当たり前だ。年齢《とし》をとっても、ちっとも変わってない」

宗一郎の答えを聞いて、天城は「ふふ、そうか」と、くすぐったそうに笑った。笑った拍子《ひょうし》に下がる目尻《めじり》も、笑いながら頬《ほお》をかくクセも昔のままで、宗一郎は当時の気持ちを一瞬《いっしゅん》で思い出した。しかし、話したいと思っていたのに、いざ本人を30年ぶりに前にすると、思ったように言葉が出てこない。口を開けば言葉以外のものがあふれてきそうだという感覚も、宗一郎に口を閉ざさせた。

天城はすべてをわかっているかのように微笑《ほほえ》むと、宗一郎の前に手を差し出した。天城の意図に気づいた宗一郎は、少し遅《おく》れて、自分の手を伸《の》ばす。

再会を果たした「かつての恋人同士」は、ようやく――30年前よりはるかに自由な恋が許されるようになったこの時代で――初めて、手をつないだ。

2人の手は、かさついていた。もう半世紀以上生きた男の手なのだから、当然かもしれない。

しかし、ここでも「もしも」をつぶやかずにはいられなかった。

「30年前に手をつなげていれば、俺たちは、今日とは違う今日を迎《むか》えていたかもしれない。俺が不甲斐《ふがい》なかったばっかりに、すまない」

「そんなこと言うなよ、宗一郎。おまえには、なんの責任もない。……悪かったのは俺だよ」

俺だけが悪かったんだよ、と、しぼり出すような声で天城が言う。それを聞きながら、宗一郎は、天城の手を強く握《にぎ》り直《なお》した。この時間は、長くは続かないと知っているから。どうしたって取り戻せないものがあると、わかっているから。

「……それじゃあ、そろそろ行こうか」

切り出したのは、天城だった。30年前に別れたときと同じだ。宗一郎からは決定的な言葉を口にできないとわかっているから、自分がつらい役回りを買って出てくれる。あのころと変わらない優しさが、今日も宗一郎の胸を苦しくする。

「あぁ。行こう」

つないだままだった天城の手を引いて、宗一郎は立ち上がった。じゃらりと、2人がつないだ手の間で無骨な鎖《くさり》が揺《ゆ》れる。

「天城祐介」

その名を――どうしたって忘れられない恋をした相手の名を、苦しそうに宗一郎は呼ぶ。

「殺人容疑で、逮捕《たいほ》する」

本来なら、天城の両手首にかけるべき手錠《てじょう》の片方を、宗一郎は自分の手首にかけていた。そして、その手錠を隠《かく》すように上着をかぶせる。その下で、2人の手と手はしっかりとつながれていた。

「見つけてくれて、嬉しかったよ。ありがとう、宗一郎」

口を開けば、やはり言葉以外のものがどうっとあふれ出してきそうで、宗一郎はギリギリと下唇《したくちびる》を噛《か》み続《つづ》けた。

アパートを出ると、そこには大勢の警察官が待っていた。その中を進んで、2人はパトカーの後部座席に乗りこむ。ほんの数分の「恋人同士《こいびとどうし》」の時間が終わったあとには、もう二度と取り戻すことのできない時間が待つばかりだった。


（作　桃戸ハル、橘つばさ）

幻肢痛《げんしつう》

事故などで手足を失ってしまったときに、脳がその事実を認識できず、失ったはずの手足の感覚だけが残ることがある。さらには、ないはずのその手足に痛みが出る場合もあり、その痛みのことを「幻肢痛（ファントム・ペイン）」という。

「深瀬《ふかせ》さんの場合も、この幻肢痛の症状が現れているようですね。脳に伝達異常が生じていると考えられます。脳が、左足を失った状況《じょうきょう》に適応できていないため、認識に不具合を起こしている可能性もあります。はっきりしたことは言えませんが、時間が経つにつれて、現実を認識し、痛みは弱まっていくと考えられています。もうしばらく様子をみてみましょう。ひとまず、予定どおり退院していただいて結構ですよ」

失った左足——ひざから下の分部に幻肢痛を抱《かか》えたまま、深瀬壮馬《そうま》は主治医の言葉に見送られて、退院することになった。

壮馬は、自身が起こした自動車事故が原因で、左足のひざから下を失った。退院後に待っているのは車いす生活だ。一軒家《いっけんや》で同居していた両親は、「命があっただけでも、よかった」「母さんたちがサポートするから、何も心配しなくていいよ」と、退院するときも優しく付き添《つそ》ってくれた。母親が押《お》してくれる車いすの横からは、妻の衣織《いおり》も、「大丈夫《だいじょうぶ》だよ」とささやくように微笑《ほほえ》みかけてくれていた。

壮馬の寝室は2階から1階に移され、家の中では松葉杖《まつばづえ》、外に出るときは車いすという生活が始まった。両親と妻の献身的なサポートのおかげで、生活面ではなんとかやっていけそうだ。しかし、壮馬を待ち受けていた現実は、そう甘《あま》いものではなかった。

壮馬は元プロのサッカー選手で、現役引退後は、スポーツトレーナーをしながら地元の少年サッカーのコーチを務めていた。しかし、片足を失った状態で仕事に復帰することは、壮馬にその意思があっても――不可能だった。スポーツトレーナーの仕事にも、少年サッカーのコーチにも、すでに新しい人材が配置され、壮馬が戻れる場所はもうない。壮馬は左足と一緒に、生きがいまで失ってしまったのだ。

「くそっ……！　なんで俺がこんな目に……。くそっ、くそっ、くそぉっ……！」

ベッドの上で、壮馬は左の太ももを、思いきり拳《こぶし》で殴《なぐ》りつけた。殴った場所には鈍《にぶ》い痛みがわだかまる。ただ、殴ってもいない――今は存在もしていない左のひざ下にも、壮馬は痛みを感じていた。

――痛みはこんなに感じるのに、なんで、そこにあるべき足がないんだ！

そのとき、部屋のドアがひかえめな音を立てて開いた。

「壮馬。母さん、ちょっと買い物に行ってくるわね。晩ごはん、何か食べたいものは――」

「いいから、ほっといてくれ!!」

とっさにつかんで投げつけたクッションは、扉《とびら》の横に当たって、床《ゆか》に落ちた。母親は小さく息をのんだものの、それ以上は何も言わず、静かに扉を閉めて立ち去った。

ベッドの上で顔をおおい、壮馬は嗚咽《おえつ》した。自分でも八つ当たりだとわかっている。それでも、マグマのように腹の底から噴《ふ》き出《だ》してくる怒りや悲しみの衝動《しょうどう》を、抑《おさ》えることができない。

「くそっ……ちくしょぉっ……！」

壮馬の不自由や無念をあざわらうように、ないはずの左足がズキズキと痛む。

ふっと、そこに優しい気配を感じた。顔をおおっていた両手を下ろすと、妻の衣織が、壮馬の足に巻かれた包帯の上から、足を優しくさすってくれていた。

「衣織……俺は、どうしたらいい……？」

少し悲しげな微笑《ほほえ》みをこぼしながら、衣織は、壮馬をそっと抱《だ》きしめた。

「大丈夫《だいじょうぶ》。あなたは、大丈夫よ。ずっと、わたしがついてるから」

妻の言葉を子守歌にして、いつしか壮馬は眠《ねむ》っていた。


その後も、壮馬は自室に引きこもりがちの日々を送った。退院した日を最後に、車いすは玄《げん》関《かん》にたたまれたまま。食事は両親に呼ばれてダイニングまで食べに行くが、食べ終わったらすぐに自室へ逆戻《ぎゃくもど》りして、あとはトイレと風呂以外、ベッドの上で1日の大半を過ごす。妻と両親以外の人間には会わないし、会話もしない。今の壮馬にとって、外の世界はただただ苦痛にまみれた世界になり果てていた。

「壮馬、たまには散歩でも行かない？　ずっと部屋にこもってると筋力も体力も落ちるって、先生がおっしゃってたし」

両親は何度も壮馬を外へ連れ出そうとしたが、壮馬は「行かない」の一点張りだ。筋力も体力も、そして命さえも、尽《つ》きるなら尽きればいいと、壮馬は思っていた。生きがいだった仕事どころか、走ることさえできない自分に、壮馬は生きる意味を見いだせなくなっていた。

幻肢痛《げんしつう》は、まだ続いている。夜なんかは痛みで目が覚めることもあって、けれど、包帯《ほうたい》が巻かれている部分をいくらさすったところで、ないはずのひざから先の痛みは消えてはくれない。意味もないのに足をさする手を動かしながら、自分の不幸を呪《のろ》い、原因となった事故を恨《うら》み、さらにはその事故を起こしてしまった過去の自分を罵倒《ばとう》しているうちに疲《つか》れて、落ちるように眠《ねむ》る。そんな毎日の繰《く》り返《かえ》しだった。

そんな日々が、どれほど続いただろう。水を飲もうとした壮馬は、ベッドからサイドボードに手を伸《の》ばして、そこにあった水のペットボトルをつかんだ。が、手に力が入らず、ペットボトルを床《ゆか》に落としてしまう。身をよじってなんとか拾い上げ、水を口に運んだが、その間も、ペットボトルと手の平の間に薄《うす》い膜《まく》が張っているような違和感《いわかん》があった。

——手や指の感覚が鈍《にぶ》ってる……？　そういえば、右足の感覚も、なんとなくぼんやりしてるような……。

ためしに、右の足首を回してみる。思ったとおりに回すことはできるが、油が切れた機械のようなぎこちなさが、骨や筋肉から伝わってきた。もしかして本当に、部屋に引きこもりすぎたせいで、あらゆる筋肉や神経のはたらきが鈍くなっているのだろうか。

「はっ……皮肉だな。なくなった足が痛むのに、残っている手足の感覚がなくなるなんて」

そのうち全身が、自分の命令を聞かなくなってしまうのだろうか。車いすや松葉杖《まつばづえ》での移動もできなくなって、皮膚感覚《ひふかんかく》もなくなって、自分が何を触《さわ》っているのかも、何を食べているのかも認識できなくなって、やがて、心も体もバラバラになってしまうんだろうか。

壮馬はそんな想像をして――案外、それも悪くないかと思った。

「使いものにならない体で生きてる意味、ないもんな。だったらいっそ、早く何もかも消えてくれないかな。そして、そのまま死んで……」

そうつぶやいた瞬間《しゅんかん》、後頭部に衝撃《しょうげき》が走った。頭を押《お》さえて顔を上げると、怒《いか》りの表情を浮《う》かべた妻と目が合った。後頭部の衝撃は、妻に頭を強くはたかれたのだと察する。

「そんなこと言わないで！」

怒気《どき》をはらんだ表情のまま言った衣織が、次の瞬間《しゅんかん》には、ふっと力の抜《ぬ》けた笑顔になる。

「夢を絶たれて苦しいのはわかるよ。でも、壮馬くんは生きてる。わたしには、それだけでいいの。足がなくても、サッカーができなくても、壮馬くんは壮馬くんでしょう？　わたしはもう一度、あなたの笑顔が見たい。それだけだよ。だから、そんな悲しいこと言わないで」

そう言って、衣織は壮馬の頭を、幼《おさな》い子どもにそうするように、何度もなでた。

妻のぬくもりを感じているうちに、壮馬の目には涙《なみだ》がたまっていた。こらえきれなくなってまばたきした瞬間に、とうとうそれが頬《ほお》にすべり落ちる。

「ごめん……衣織……。頼《たの》むから、衣織だけはずっと俺のそばにいてくれ！」

両手で顔をおおった壮馬を、衣織が横から抱《だ》きしめる。

妻の名をつぶやきながら嗚咽《おえつ》し続ける息子の姿を、扉《とびら》の隙間《すきま》からそっと見ていた両親もまた、その目に涙を浮《う》かべていた。


最愛の妻に背中を押《お》された壮馬は、義足を使ってのリハビリを決意した。入院していた病院に併設《へいせつ》されたリハビリセンターで初めて義足をつけたときは、一歩も前に進むことができず、壮馬はショックを受けた。仮にもサッカー選手だった自分の体が、こんなにも動かないなんて、と。しかし、ここでも支えになってくれたのは妻だった。

「大丈夫《だいじょうぶ》だよ。一歩一歩、ゆっくりやっていこう」

毎日付《つ》き添《そ》ってくれる妻の笑顔を支えに、壮馬は厳しいリハビリに耐《た》えた。「家族全員で支える」という想いで、リハビリには両親も同行していたが、「衣織と一緒にがんばるから、母さんたちは見てて」と壮馬に言われて、そのとおりにしていた。

「俺、自分1人で歩けるようになってみせるから」

そう言う壮馬には、何ヵ月ぶりかわからない笑顔が戻《もど》っていた。

息子は前向きにリハビリに取り組んでいる。事故後、あれだけ打ちひしがれていた姿《すがた》からは想像もできなかったが、ふたたび生きようとする気力が、息子に戻ってきたように見える。両親は手をとり合って、また涙を浮かべた。

「壮馬。あなたがリハビリしている間に、わたしたち、先生とお話ししてくるわね」

「わかった。衣織と一緒《いっしょ》にリハビリしてるよ。先生によろしくお伝えして」

息子の言葉を聞いた両親は、小さくうなずくと、息子をリハビリセンターに残し、主治医のもとへと向かった。

「壮馬さん、リハビリも順調なようで何よりです。義足をつけたアスリートはたくさんいますから、壮馬さんもまた、努力しだいで走れるようになるかもしれませんよ。そこには、ご家族の協力が不可欠です。一緒にがんばっていきましょう」

にこやかな主治医の言葉を聞いて、両親は安堵《あんど》の表情を見せたが、その安堵が、ふいに不安にのまれた。

「あのぉ、先生……。どうやら息子は、まだ感じているみたいなんです」

「幻肢痛《げんしつう》ですよね。事故からしばらくは症状が残ってしまうと思われます。まったく違和感《いわかん》がなくなるまでには時間がかかりますが――」

「いえ、そうではなくて……」

主治医の説明をさえぎって、母親は身を乗り出した。しかし、言葉を続けることをためらうように身を引き、隣《となり》の夫と視線を交わす。

「どうされました？　気になることはなんでも、遠慮《えんりょ》なくおっしゃってください」

主治医の穏《おだ》やかな口調にうながされてようやく心が決まったのか、「じつは……」と、母親は話を再開した。

「息子が感じているのは、失った左足の痛みだけではないみたいなんです。あの交通事故で亡くなった、衣織さん――あの子の妻の存在も、息子は感じているみたいなんです」

主治医が目を丸くする。話の続きを引き取ったのは、壮馬の父親だった。

「息子が車で事故を起こしたとき、後部座席に乗っていたわたしたち夫婦は軽傷ですみましたが、助手席に乗っていた衣織さんは、事故の衝撃《しょうげき》をまともに受けて……ほぼ、即死《そくし》だったろうと言われました。そのことは、先生もご存じですよね。でも、息子には今も、衣織さんの姿が見えているとしか思えないんです。家でも衣織さんの名前を頻繁《ひんぱん》に口にしていて……最初は、亡くした妻をしのんで話しかけているのかと思いました。寂《さみ》しさや後悔《こうかい》の念に駆《か》られているのだろうと……。だから、そっとしておいてやろうと、妻とも話していたんです」

「でも、だんだん衣織さんと会話をしているような様子が見られるようになって、さっきもリハビリ室で、『衣織と一緒にリハビリしてる』なんて言って、笑って……。息子には、衣織さんの姿が見えているとしか思えないんです」

「なるほど……」と、主治医があごを軽くつかむ。そこへ母親はなおも言いつのった。

「自宅には衣織さんの遺影《いえい》や位牌《いはい》もあるんですが、息子は事故のあと、一度も仏間に入っていません。退院後はふさぎこんで、自分の寝室に引きこもっていましたから……。だからよけい、衣織さんが亡くなったことを理解できていないのかもしれません。壮馬は……息子は、このまま大丈夫《だいじょうぶ》なんでしょうか？」

訴《うった》えかけるような老夫婦のまなざしを受けて、主治医は顔を上げた。

「どうやら息子さんには、痛みを生じる『幻肢《げんし》』とともに、『幻視《げんし》』の症状が現れているようですね。どちらも、事故をきっかけに、脳の認識に不具合が起こっているためと考えられますので、いずれ症状《しょうじょう》は消失するとは思われますが……もうしばらく、様子をみていきましょう」

近々で脳の精密検査をすることを提案されたのち、夫婦は主治医のもとを辞した。そして、ふたたびリハビリセンターに戻《もど》ると、そこでは義足をつけた息子が、引き続きリハビリに取り組んでいた。

2本の手すりをつかんでゆっくりと歩き、端まで到達した息子は、達成感あふれる笑顔を誰もいない空間に向ける。

「見て、衣織。昨日より歩けたよ！　走れるようになるのは、まだ先だと思うけど。でも、そうなったらまたランニングに付き合ってくれる？　……ありがとう。それを目標にがんばるよ」

息子の脳内では、「誰もいない空間」にはっきりと相手が見えていて、その相手との会話が成立しているのだろう。そのことを、息子の笑顔は微塵《みじん》も疑っていないように見える。

歩行訓練を終えてベンチに座った息子は、義足を押《お》さえて少し苦痛に顔をゆがめた。義足のある場所――でも本物の足はない場所が、また幻肢痛にさいなまれているのかもしれない。しかし、その苦しげな顔に今度は微笑《ほほえ》みを浮かべて、また、誰もいない空間に向かって、「ううん、大丈夫」と話しかける。

彼の「幻視妻」は、いつまで彼のそばにあるのか。それを今度こそ失ったとき、彼はどうなってしまうのか。そんなことを考えた瞬間《しゅんかん》、夫婦は同時に、ズキズキとした鈍《にぶ》い頭痛に襲《おそ》われた。息子が事故を起こしたとき、後部座席に乗っていた自分たちにも少なからずダメージがあったのだろう。こうした痛みが、ときおり、頭の中の深いところを刺激《しげき》する。

痛みをこらえながら息子を見ると、一瞬、その輪郭《りんかく》がユラリと陽炎《かげろう》のように揺《ゆ》れた。

――あそこに見える息子は、自分たちが見ている幻視なのではないだろうか？

そんな考えが、痛みと折り重なるように頭に浮《う》かんで、老夫婦はあわてて首を振《ふ》った。

（作　橘つばさ）

一つなぎの真実

まるで推理小説に出てくるような事件だった。

ある富豪《ふごう》が、自宅で体をバラバラに切《き》り刻《きざ》まれ惨殺《ざんさつ》されたのだ。

現場からは「O・Mに狙《ねら》われている」と書かれたメモが見つかっている。

初め、「O・M」は犯人のイニシャルかと思われた。しかし、木村樹《きむらいつき》、白潟是男《しろがたこれお》、立日心《たちびこころ》……

捜査線上《そうさせんじょう》にあがった容疑者の中に、そのイニシャルをもつ者はいなかった。

また、犯行に使われたと思《おぼ》しきナイフが発見されたが、その持ち手についていたのは、被害《ひがい》者自身《しゃじしん》の指紋《しもん》だけだった。

「遺体の傷とナイフの形状は一致《いっち》していないんですよね。でもナイフには被害者の血が……」

「被害者の指紋がついたナイフに、なぜか被害者自身の血……しかも、そのナイフは凶器《きょうき》として使われたわけではない……。何もかもがチグハグで、わけがわからん」

もう一度、現場を確かめに向かう車の中、そう答えて刑事の平山は歯噛《はが》みした。

「被害者の奥さんと娘さんは見ていないようですが、近隣《きんりん》では不審者《ふしんしゃ》の目撃情報もありますよね。でも、その目撃情報もバラバラすぎて、まるで共通点がない……」

経験の浅い新入りの刑事《けいじ》が、途方《とほう》に暮れた声を出す。

手がかりはある。だが、どれもこれもが断片的で真実が見えない。捜査は行《い》き詰《づ》まっていた。

「……あの男、本当に役に立つんでしょうか？」

そう言った新入りを、平山はジロリとにらんだ。

＊　＊

――「あの男」というのは、本庁からの指示で、突然捜査《とつぜんそうさ》に参加することになった男のことだ。詳《くわ》しくは紹介されなかったが、民間から招かれた研究職の人間らしい。

ひょろひょろの体、ボサボサの髪《かみ》、何を考えているかわからない、つかみどころのない男だったが、その発言は、さらに輪をかけて意味がわからなかった。

「事件はもう解決です。私が来たからには、これ以上あなた方が捜査《そうさ》する必要すらありません」

その言葉に、捜査が進まず苛立《いらだ》っている刑事たちが一斉《いっせい》に声を荒《あら》げた。しかし、その男はまったく悪びれずに批判に応えた。

「難しく考えることはありません。ただ一つひとつのピースをつなぎ合わせれば、真実は明らかになりますから」

＊　＊

平然とした男の口ぶりを思い出し、平山は「ふん」と鼻を鳴らした。

「ピースをつなぎ合わせる……見つかっている断片的な手がかりを正しくつなぎ合わせれば、事件の真相が見えてくるってことでしょうか？　核心《かくしん》に迫《せま》る手がかりが足りないのではなく、我々は、そのつなぎ方がわかっていないだけ……」

新入りの言葉に、ぶっきらぼうに平山は答える。

「そう簡単にいくものか。推理小説に出てくる探偵《たんてい》じゃあるまいし、あいつの言うことは机上《きじょう》の空論だ。捜査ってのは地道に足を使ってやるしかねぇんだよ」

しかし、平山たちの地道な努力も空《むな》しく、捜査は一向に進展しなかった。

それどころか、警察を嘲笑《あざわら》うように、今度は被害者《ひがいしゃ》の妻と娘が同じく体をバラバラにされ、殺害されたのである。

遺体の近くからは折れ曲がった奇妙《きみょう》な金属片が見つかった。犯人につながる手がかりと思われたが、それが何かの部品なのか、それとも別の何かなのか、まるでわからなかった。

最初の被害者の時と変わらない。手がかりらしきものは見つかる。しかし、それを調べても、事件の全体像が見えてこない。断片的なピースばかりが、ただ増えていく。

通常、遺体をバラバラにするのは、隠《かく》しやすくするためか、発見を遅《おく》らせたり、被害者の身元がわれないようにするためである。しかし、この事件では、犯人は被害者の遺体も、その身元も隠すようなことはしていない。では何のために、犯行が発覚するリスクを冒《おか》してまで被害者をバラバラにするのか。

捜査は完全に暗礁《あんしょう》に乗り上げた――「あの男」が、捜査関係者を会議室に集めたのは、そんな時だった。

「お待たせしました。想像より時間がかかってしまい、申し訳ありません。ですが、ピースをつなぎ合わせて、とうとう真実にたどり着きました。奥さんと娘さんの殺害について、ピースが複雑になっている部分もあり、それを整理し、つなぎ合わせるのが大変でした。まぁ犯人は、そうなることを意図して2人を同時に亡き者にしたわけでもないようですが……」

相変わらずひょうひょうとした男の態度にこらえきれず、平山が怒鳴った。

「馬鹿な！　俺たちが必死で調べてもわからなかった手がかりをつなぎ合わせて、犯人を突《つ》き止《と》めたってのか？」

すると、男は驚《おどろ》いたように言った。

「まさか！　あんな断片的なものをいくらつないでも意味はないし、そこに合理的な理由は見出せませんよ。だって、そもそもあれは、あなたが捜査《そうさ》かく乱《らん》のために、捜査中に紛《まぎ》れ込《こ》ませたり、情報を改ざんしてでっち上げた、ニセの手がかりなんですから」

平山はうろたえた。

「な、いったい、何の話だ？　俺が犯人？　手がかりが無意味？」

「だから、難しく考えずにバラバラのピースをつなぎ合わせたんですよ。僕の研究はちょっと人道的ではないらしくて、あまり公《おおやけ》にできないんですが、どんな捜査や推理より確実なんです……犯行の詳《くわ》しい動機はよくわかりませんがね、犯人が誰かということは、皆さんも直接お聞きになればいい」

会議室の後ろでグチャグチャという、腐《くさ》ったものを床にひきずるような不快な物音がして、刑事たちが振《ふ》り向《む》く。

そこには、殺された富豪《ふごう》、そして妻と娘が立っていた。切り刻まれてバラバラになった肉体を一つひとつ、つなぎ合わされて。ところどころ腐敗《ふはい》し、まるで生気のない三つの死体がぎこちなく動いて、死体と見紛《みまが》うばかりに白い顔をした平山を指さす。そして3人がそれぞれつぶれたノドから、うめくような声を発した。

「こいつが殺した……」

「お前が、殺した……」

「犯人は、この男だ……」

（作　森久人）

指

手術の麻酔《ますい》からさめた患者が、私の顔を見た。

彼の右手には、厚ぼったく包帯が巻かれている。彼はまだ、その包帯の下の手首が切断されていることには気づいていないようだ。

彼は有名なピアニストだから、右手首から先がなくなったことを知れば、大きなショックを受けることだろう。

彼が、今ここにいる経緯《けいい》はこうだ――。

彼は昨夜、闇夜《やみよ》の道路で、誰かに鋭《するど》い刃物で右手首を切り落とされて、気を失ったのだ。まだ犯人は逮捕《たいほ》されていないが、もしかすると、彼の名声をねたむ同業者かもしれない。

幸いその事件が起こったのは私の病院の近くだったため、気を失ったまま彼はこの病院に運びこまれ、私がすぐに手術をしたのだ。

「先生が手当てをしてくれたんですね。ありがとうございます。私は少々酔っていたようで、あまり記憶がないんです。手当てをしてくださったのは右手ですね。大丈夫《だいじょうぶ》でしょうか」

まだ麻酔が効いているのか、彼は朦朧《もうろう》とした顔つきで、でももっとも気になっているであろうことを聞いてきた。

「大丈夫ですよ。すぐに治るでしょう」

今、真実を告げても、彼の心がそのことを受け入れられるとはとうてい思えない。私は彼の心が真実を受け止められるようになるまで、「彼のピアニストとしての人生」が終わってしまったことを伏せておくことにした。

「指もですか？　指も元の通り動くようになりますよね？」

「もちろん、問題ありません」

私はいたたまれなくなって、看護師には、今はまだ手首がなくなったことは伝えないよう言いつけ、逃げるように病室を出た。それから2時間後、ふたたび、私は彼の病室を訪れた。

彼はやや元気をとり戻《もど》していた。しかし、まだ麻酔が残っているのか、体を動かすことはできず、自分の右手をあらためてはいないようだった。だから、手首から先を失ったことは知らないでいる。

「痛みますか？」

私は、彼にたずねてみた。

「いえ、だいぶ楽になりました」

彼はそう言って、私の顔をじっと見た。そして、毛布の上に出していた左手――包帯にくるまれていないほうの指を、ピアノを弾《ひ》くように動かし始めた。

「右手の指も少し動かしていいですか？　毎日指を動かしておかないと不安だし、実際、指がなまってしまうんです」

私は焦《あせ》ったが、とっさによい方法を思いついた。患部《かんぶ》を動かさないためと見せかけながら、彼の上膊《じょうはく》の尺骨神経《しゃっこつしんけい》の場所を、指で押さえるのだ。そこを圧迫《あっぱく》すると、指がなくても、あるような感覚を脳中枢《のうちゅうすう》に伝えることができる。

彼は毛布の上の左手の指を、気持ちよさそうに、しきりに動かした。そして言った。

「右の指も大丈夫《だいじょうぶ》なようです。包帯の中で見えませんが、よく動いているようです」

そして夢中になって、おそらく彼の頭の中を流れているであろう曲を弾きつづけた。

私は、それ以上、その様子を見ていることができなかった。看護師に、彼の右腕《みぎうで》の尺骨神経を押さえているように目で合図し、先ほどと同様、逃げるように病室を出た。

そして手術室の前を通りかかったとき、一人の看護師が、その手術室の壁にとりつけた棚のほうを向いて、震《ふる》えているのが見えた。彼女の様子は普通ではなかった。顔は青ざめ、眼は異様に大きく開いて、棚にのせてある何かを凝視《ぎょうし》している。

私は思わず手術室に入って、その棚を見た。そこには、手術で切断したピアニストの手首をアルコール漬《づ》けにした大きなガラス瓶《びん》が置かれていた。

それを見た私も、身動きができなくなった。

瓶のアルコールの中で、ピアニストの手首が、いや、彼の5本の指が、白いカニの脚のように小刻《こきざ》みに動いていたのだ。ピアノの鍵盤《けんばん》を叩《たた》く調子で。実際の動きよりもずっと小さく、幼児のようにたよりなげで、しかしその白いものは、しきりと動いていたのだ。


（原作　江戸川乱歩　翻案　蔵間サキ）

鬼《き》神《じん》隠《かく》しの森の夜

21時30分。

スマホで時間を確認すると、僕は部屋の窓からそうっと庭へ下りた。

前もって外に出しておいたスニーカーへ足をねじ込み、家を背に暗い夜道へと飛び出す。

お父さんはまだ帰っていない。お母さんはテレビで放送されている映画に集中しているから、気がつかれることはないだろう。

真っ黒の空に月はなく、僕の姿《すがた》をちょうどよく隠《かく》してくれる。

急ごう。少しでも早く森につかないと、隠れる時間がなくなってしまう。

暗い夜道に迷《まよ》うこともなく、僕は目的地に向かってまっすぐに走った。


「肝《きも》だめしをしよう」

そう言い出したのは、幼なじみの敦士《あつし》だった。

5年生に上がるまでの短い春休み。旅行に行くわけでもなく、家にいるだけの毎日にはあまりに楽しみがない。突然届《とど》いた敦士のメッセージに、グループの全員が、すぐに飛びついた。

それから30分も経つ頃には、日程もなにもかも、すべてが決まっていた。それは、みんなが退《たい》屈《くつ》していた、ということもあるけれど、敦士のメッセージを見た瞬間《しゅんかん》から、みんなの頭のなかに明確なビジョンが見えていたからだ。

僕の住む地域には、「鬼神隠しの森」と呼ばれている森がある。本来の名前があるのかないのかは知らないけれど、子どもも大人も、住人たちはみんなそう呼んでいた。

その森には、春の彼岸の頃、山に棲《す》みつく鬼《おに》が出てきて子どもを連れ去ってしまう、という古い言い伝えがあった。

このへんの地域ではいまだにこういう迷信を信じる風潮が残っていて、子どもたちは、「お盆は海に入るな」よりも「春の彼岸は森に近づくな」と、強く言い聞かせられるのだ。

もちろんただの伝承ではあるけれど、昼でも薄暗《うすぐら》く独特の雰囲気《ふんいき》のある鬼神隠しの森は、過去、本当に僕らくらいの子どもがいなくなったこともあるらしい。心霊スポットというか、「足を踏み入れればなにかあるかもしれない」、と思わせる場所だった。まさに、肝《きも》だめしにうってつけ、というわけである。

そうして満場一致で行き先が決まったあと、僕らの中で一番頭のいい中村が、「春分の日は、月が出ないから」と提案し、決行日は春分の日の22時、闇《やみ》に紛《まぎ》れて集合、となったのだった。

森の入り口に着いてスマホを見ると、時刻は21時43分、予定どおり、まだそこには誰の姿《すがた》もなかった。

「少し遅れる。すぐに追いつくから、先に進んでて」と嘘《うそ》のメッセージを送信し、ポケットに入れておいた押しピンの袋《ふくろ》を取り出す。そして、それを片手にぎゅっと握《にぎ》ると、森へと足を踏み入れた。

前にこの森の言い伝えをばあちゃんが僕に話していたとき、お父さんは、「あの森は道が入り組んでいて方角を見失いやすいだけだ」と笑っていた。

みんなをおどかすために早くきたのに、ひとりだけ道に迷うなんてのはカッコ悪すぎる。

そんなことにならないようにと家から持ってきたのが、この、小さなリボンつきのピンなのだ。そのピンを刺しながら、50センチほどの幅の道を、僕はスマホのライトで照らしながら進んだ。

ある程度歩くと、ちょうど身体が隠せそうな高さの草がみっしりと生えているところがあった。ここなら少しのライトくらいでバレることはないだろう。

みんなの驚く顔を想像しながら、僕はウキウキと草陰《くさかげ》に腰《こし》を下ろした。

敦士たち、そろそろ来る頃かな。そう思ってスマホを見る。予定の22時は、もう過ぎている。

夜の鬼神隠しの森は静かだ。不思議なことに、鳥の声も、虫の声も聞こえない。

しばらくは、その非日常感にわくわくしていたものの、ただじっとしているのにもだんだん飽《あ》きてきて、僕はスマホをポケットから取り出した。ゲームでもしようかと思ったけれど、森の中は圏外《けんがい》だった。

「まあどっちみち、みんなが来たときに光でバレても困《こま》るしな」

そう小さくため息をついてスマホをポケットへ戻《もど》そうとしたとき、道のほうから、何かが近づく気配がした。先頭を歩くのは、たぶん敦士だろう。いや、中村かもしれない。僕はバクバクと大きく鳴る胸を押さえて、じっと息をころした。

そして、その気配が草の壁を挟んですぐ目の前にきたタイミングで、「わっ！」と声を上げながら勢いよく立ち上がった。

「うわ!?」

瞬間《しゅんかん》、前方から上がった、ごくごくひかえめな悲鳴は、僕の知っている、どの友人の声とも違っていた。

「えっ！　だ、誰っ？」

「こっちのセリフだ……っ」

驚いて声を上げる僕に、知らない子が抑《おさ》えた声で叫ぶ。同時に、ガサっとどこからか葉擦《はず》れの音がして、ふたり一緒に肩《かた》を跳《は》ねさせた。

年齢は、僕と同じくらいにも見えるし、ずっと年上にも見える。背は、僕よりいくらか高いだろうけれど、ずいぶん痩《や》せている。Tシャツとハーフパンツというラフな服は、上下ともくたびれた感じなのに、なぜだかその子は、月のない夜でもぼうっと青白く見えた。顔色がよくないせいかもしれない。服から出ている手や脚も、ぼんやりと白かった。

「……肝だめし？」

僕が呆《ほう》けている間《ま》に、草を分けてやってきたその子は、すぐ隣の草陰に腰を下ろしながら言った。

「そうだけど」と答えると、物言いたげな視線がじっと僕を見る。

「な、なんだよ」

「……子どもは寝てる時間だろ」

「キミもじゃん」

「オレはいいんだ」

あまりにしれっと言いのけられて、僕はむっとするのも忘れて、つい噴《ふ》き出《だ》してしまった。

こんなにふてぶてしいのに、嫌な気持ちはそれほどしなくて、なんだか、じいちゃんやばあちゃんに心配されたみたいな、妙な気分になってしまう。周りの友だちにはいないタイプだった。

「ねえ。キミの友だちも、もうすぐくるの？」

「オレ？　オレはただ、森を見てただけだよ」

「それ楽しいの？　……まぁいいや。じゃあせっかくだし、僕らの肝だめしに入りなよ。一緒におどかそう」

僕は、とてもいいことを思いついた気がして、前のめりになって彼に迫った。おどかし役は多いほうがいいし、知っている相手より、知らない相手におどかされたほうが、肝だめしは断然おもしろくなる。

そう思ったのに、彼は、「いいから早く帰れよ」と言っただけで、僕の提案をさらっと流してしまった。

ただ、僕ひとりを残して、そこから立ち去ってしまうこともしなかった。

それからしばらく、道から50センチほどそれた草陰《くさかげ》に並んで屈《かが》み込《こ》み、ささやき声でどうでもいい話をした。彼ははじめこそほとんど話さなかったけど、そのうち、ぽつぽつと僕の話に返してくれるようになった。

友だちのこと、スマホゲームのこと、マンガのこと。

同じマンガを好きなのがわかって盛り上がったりもしたものの、好きだと言うわりに彼はそのマンガを途中までしか読んでいないらしく、うっかりその後の内容をしゃべってしまって、ネタバレだと怒られてしまった。

ずいぶん前にコミックスが出ているのだから、話してしまっても仕方ないと思うのだけど、それを言ったところで余計に機嫌を損《そこ》ねられただけだった。

「オレって、運がないいんだよな。なんだっていつも悪いほうへ進んじゃうんだ」

「だから、ごめんって……」

――ネタバレくらいで、そんな大げさな……。

と内心で思いつつ、表情には出さないように素直に謝る。意外に引きずるタイプらしい。

「……あ、そうだ」

思い出して、僕は手首からブレスレットを引き抜いた。

「これあげる。なんか、いい感じのパワーストーンでできてるんだって。お守りなんだ。お母さんの趣味でさ」

「手作りなんじゃないの？」

「うん。でも、僕はまた作ってもらえるからいいよ。それに、お母さん、誰かにプレゼントすの好きだから、むしろ喜ぶ」

差し出してしまってから少し後悔《こうかい》して、尻《しり》つぼみに早口になる。僕は気に入っているけど、おしゃれって感じのアイテムでもない。

迷惑かも、と手を引っこめようか迷っていると、彼が、僕の手の上のファンシーな数珠《じゅず》みたいなブレスレットを、指先でそっとつまみ上げた。

「さんきゅ」

彼の白い腕に、色とりどりの石がぐるりと回る。腕にはめたブレスレットを嬉《うれ》しそうに眺《なが》める彼の横顔に、ほっとすると同時に、なんだかとても嬉しくなった。

「……遅いな」

どれだけ待っても、敦士たちは一向にやってくる気配がない。僕は、だんだんと不安になった。心に不安がきざすと、さっきまではなんともなかった夜の森も、一気に不気味なものに変わる。一度そう思ってしまうともう、気分は肝だめしどころではなかった。

僕は草陰から立ち上がり、ズボンのお尻《しり》を払った。さっさと、ここを抜け出したくなったのだ。

「キミは?」

たずねる僕に、彼はあいまいに首を振りながら言った。

「いや、オレは……」

こんな真っ暗な森に置いていくのは、どうしたって気が引ける。だけど、もとは別々に来たのだし、無理に連れていくわけにもいかない。

僕はためらいつつも来た方向へ足を向け、思い直して彼を振り返った。

「キミも、ちゃんと家に帰りなよ」

僕が言うのに、暗闇の中の彼が、ほんの少し目をみはったような気がした。

「そうだな」

ひとり言みたいに小さな声が、彼の口からこぼれる。

「これ、ありがとな」

これ、と揺すってみせたブレスレットのはまる彼の手は、相変わらず、雪みたいに白かった。


ピンを頼りに歩き、森の入り口に近づくと、スマホが絶え間なくメッセージの受信を告げ始めた。マナーモードにしているせいで断続的に震《ふる》えるポケットから、慌《あわ》ててスマホを取り出す。

いつものグループ画面には、僕の送った「遅れる」という主旨の投稿《とうこう》の下から、ずらずらとメッセージが連なっていた。

「悪い！　親にばれた」

「うちも抜け出すの無理そ」

ほとんど同じそんな内容が人数分続き、中村の「じゃ、１回延期ってことで」という投稿を最後に会話は途絶えていた。

「遅れる」と送ったきりメッセージを送っていない僕も、親にバレて絞られているんだろう、ということになっているらしかった。

「なんだよ、どうりで誰も来ないわけだ」

せっかくのいたずらが、スタートすらしていなかったことを知り、僕はがっくりと肩を落とした。

けれど、ついていないのはそこからだった。

家に帰ると、お母さんもお父さんも家の外に出てきていて、「もう少しで、警察に連絡するところだった」と、こっぴどく叱《しか》られたのだ。

皮肉なことに、みんなの想像でしかなかった僕のドタキャン理由は現実のものとなり、僕は一晩中両親にこってりと絞られるはめになった。「鬼神隠しの森に行ってた」なんて言ったら、両親の怒りは、そんな程度では済まなかっただろう。さすがに、そのことは言えず、「外を散歩していた」とごまかした。

次の日、僕が起きたのは、お昼を通り越してもう夕方に近い時間だった。明け方まで叱られて、ぐっすり眠ってしまったらしい。

リビングに降りると、お母さんが釘《くぎ》づけにされたようにテレビを見ていた。テレビに映っているのはローカルチャンネルだ。

「あら、起きたの。もう大変なことになって……朝から、町じゅう大騒《おおさわ》ぎよ」

目はテレビに残したまま、顔だけでわずかに振り向いたお母さんが、僕に言う。

どうやら、放送されているのはニュースらしかった。画面の中には、まだ記憶に新しい、よく知った景色が映っている。

「繰《く》り返《かえ》します。××で、……署に18歳の少年が保護されました。少年は、早朝に交番へひとりで出頭したとのことで、衰弱《すいじゃく》の様子は見られますが目立った外傷はありません。約8年前、××の南に位置する森の中で行方不明となっていた、当時10歳の少年と見られています。森の近隣に住む家屋に居住する住人が少年の事情に関わっていると思われ、……署で聴取を受けている模様です。繰り返します……」

「失踪《しっそう》前、最後に目撃された森」というテロップつきで画面に映っている森の木には、僕が昨日の夜抜き忘れたピンの、ピンクのリボンが小さく見える。

僕は慌ててスマホを手にとった。

SNSには、誰がどうやって撮ったのか、保護された際の写真がいくつか出回っていた。もちろん顔はしっかりとガードされ、映っていない。けれど、真白い腕から伸びる細い手首には、場違いなほどカラフルな石のブレスレットが光っていた。間違いなく、昨日まで自分の手首にあったものだ。

「何年も、家の中にずっと閉じ込められていたみたいよ。ひどい話だけど……命があって、本当によかった」

ひどくしみじみと、お母さんはそう言った。それから、僕の目をじっと見つめて、「あんたも、昨日みたいなことは、もう絶対にやめてよね」と、僕の手を両手で強く握りしめた。

それからしばらくのあいだ、小さな町の話題はその事件でもちきりになった。

あの日延期になった肝だめしは、結局行われていない。都市伝説と本当の事件現場とは、まるでわけが違う。僕も、あれ以来、あの森に近づくことはなかった。

何年も監禁状態《かんきんじょうたい》にあると、「逃げ出す」という選択ができなくなってしまうことがあると、そのあとテレビの特集で見た。

あの夜、あの森に、彼は何をしにきたのだろう。

逃げてきたのだろうか。それとも、本当に森を見にきただけだったのだろうか。

青白い横顔は、もうはっきりとは思い出せなくて、けれど、ブレスレットを手にしたときの嬉しそうな様子だけは、今も僕の頭のなかに、しっかりと残ったままだった。

（作　高野ユタ）

名画の顚《てん》末《まつ》

ウェールズの片田舎で偶《ぐう》然《ぜん》に発見されたその絵は、これまで世界に11点しか存在を確認できていなかった、とある画家の12点目の作品だった。

その絵画は、取《と》り壊《こわ》しの決まった古い民家の物置小屋で、布とほこりをかぶった状態で発見された。そして、長い時間をかけて何人もの絵《かい》画《が》鑑《かん》定《てい》士《し》のもとをめぐり、「フランス人作家、エステヴァン・フォン・ルロワの作品で間違いない」との結論が出された。

モチーフは、女性らしき人物。しかし、うしろ姿を描《か》いたものだったので、顔はわからない。背中を向けた女性は、奥に描かれた輪《りん》郭《かく》のはっきりしない真っ黒な影のようなものと、鏡合わせに手を合わせているように見える。その手もとは影に溶《と》け込《こ》み、判然としない。

そして、縦80センチ、横60センチほどの大きさのキャンバスの裏には、かなり薄くなってはいたものの、「親愛なるオレリー　美しき孤《こ》独《どく》のきみ」という走り書きが確認された。そのことから、エステヴァン・フォン・ルロワ12作品目のこの絵画は〈孤独のオレリー〉と呼ばれるようになった。

〈孤独のオレリー〉は、とある美術館において修復作業が行われ、厳重に保管されることとなった。一般に初公開された際には多くの観覧客が来館し、寡作《かさく》な画家の、唯一無二《ゆいいつむに》の才能に見とれた。

一億ドルの価値があるともいわれ、一躍《いちやく》、注目作品となった〈孤独のオレリー〉だったが、一般公開された3ヵ月後、大きな事件が起きた。〈孤独のオレリー〉が、展示されている美術館から忽然《こつぜん》と姿を消したのである。

——〈孤独のオレリー〉何者かに盗《ぬす》まれる。

——〈孤独のオレリー〉行方不明《ゆくえふめい》！　今どこに？

——ルロワの傑作《けっさく》、収蔵美術館から消失。人類の財産が失われる。

センセーショナルな見出しに飾《かざ》られた記事が世界中を飛び交い、多くの人々が〈孤独のオレリー〉の行方に注目した。「過激団体による犯行なのでは？」「犯人から当局に対して、絵画を人質にした身代金の要求があるのでは？」という見方もあったが、いつになっても、犯行声明も身代金要求もない。

「〈孤独《こどく》のオレリー〉が盗品《とうひん》だということは、誰もが知るところとなっています。ですから、もし、この作品を買ったとしても、その人間は他人に対して公開することはできず、自分だけでこっそり楽しむほかありません。美術品のコレクションを自慢《じまん》の材料と考える金持ちには買われづらく、『自分だけで独占《どくせん》したい』と考える美術愛好家が買い取れる額には限界があるでしょう。つまり、あの絵はどこへも売り払うことができないわけです。そんな絵を、なぜ犯人は盗んだのでしょう。犯人自身が楽しむためなんでしょうかね」

専門家がそのような意見を述べた数日後——今度は唐突《とうとつ》に、〈孤独のオレリー〉が発見されたというニュースが全世界を駆《か》けめぐった。

〈孤独のオレリー〉が発見されたのは、最初に絵が見つかったウェールズからも、作者であるルロワの故郷フランスからも遠く離《はな》れたアメリカだった。闇《やみ》マーケットのルートから購入したというコレクターが逮捕《たいほ》され、絵が押収《おうしゅう》されたのだ。〈孤独のオレリー〉の価値は１億ドルともいわれていたが、そのコレクターが購入した際の金額は、わずか１００万ドル程度だったという。

発見された絵画はすぐさま専門機関に持ちこまれ、入念なチェックを受けた。結果、絵に汚《よご》れや破損はなかったが、それとは別に、重大な事実が判明した。アメリカで見つかった〈孤独のオレリー〉は、精巧《せいこう》に作られた贋作《がんさく》だったのである。

——〈孤独のオレリー〉いまだ行方知れず。

——まさかの贋作！　希代の名画はどこへ⁉

今度はそんな見出しが飛び交って、多くの人々の興味を引いた。

そしてその後、事件はさらに人々を驚嘆《きょうたん》させる局面を迎《むか》えた。なんと、世界各地で次々と〈孤独のオレリー〉が発見され、そして、それらすべてが贋作と鑑定《かんてい》されたのである。すべての贋作は、鑑定の結果、同一人物の手によるものと断定された。贋作を購入した者たちの多くは熱狂的《ねっきょうてき》な美術コレクターで、「他人に見せずに自分だけで楽しむために購入した」と証言した。彼らの証言から贋作たちの出所を突《つ》き止《と》めることはできなかったが、ひとりの専門家が、ある見解を口にした。

「もしかしたら、ですよ？〈孤独のオレリー〉を盗んだ犯人の目的は、これだったんじゃないですかね？『これ』っていうのは、つまり、大量の贋作を世に出回らせることですよ。本物が存在しない状態を作り出せば、『今、闇マーケットに出回っている〈孤独のオレリー〉は本物かもしれない』と思いこむ人が現れる。そういう人たちに、ニセモノの〈孤独のオレリー〉を売りつけるんですよ。購入者は、自分が〈孤独《こどく》のオレリー〉を所有していることは誰にも言いませんから、売るほうは、いろんな人に〈孤独のオレリー〉の贋作《がんさく》を売りつけることができます。一枚一枚に高値はつけられなくても、数が大量となれば、相当な金額になるはずです。本物を盗《ぬす》んで贋作を売りさばいた犯人は大金持ちですよ。

　ただ一点、疑問があるんです。たとえ贋作といえど、制作にはそれなりの時間がかかります。〈孤独のオレリー〉が公開されてから数ヵ月程度で、そんな大量の贋作を作ることなど不可能です。もしかしたら、〈孤独のオレリー〉は、もっとずっと以前に発見されていたにもかかわらず、その事実は隠《かく》されていた――なんていうことはないでしょうか。そして、その間に大量の贋作が作られ続けていたのだとしたら、つじつまは合うのですが……」

（作　桃戸ハル、橘つばさ）

歪《ゆが》んだ窓

朝からの雨が窓を濡《ぬ》らしている。アパートの小暗い部屋の中で、レイン・コートを出し、手ばやく外出のしたくにかかる姉を、彼女は隅《すみ》っこから目を光らせて見ていた。

「いいわね？　じゃ、ちゃんとおとなしくお留守番をしててね。すぐ帰ってくるから」

姉は言ったが、妹は答えない。

姉は、そんな妹には、すっかり慣れっこになっていた。だから、そのまま扉《とびら》に向かった。

突然、妹が低い声で言った。

「もしもよ……、もし佐伯《さえき》さんが、お姉さんに結婚してくれって言ったら、お姉さん、結婚する？」

「まぁ、なにを考えているの？　あなたったら……」

姉はおどろいた顔で妹の目を見た。が、彼女はその姉の顔に、一瞬《いっしゅん》、うろたえた色がはしったのを見のがさなかった。

——やっぱりそうなんだわ。お姉さん、あの男と結婚するつもりなんだわ。

「かくしたってダメよ」と、彼女は心の中でつぶやく。あの男が訪ねてくるようになって、もう三ヵ月近くになる。その間の定期的な訪問ぶり、お姉さんに頼られていると思っている男の目つき、妹の私へのご機嫌《きげん》とりめいた、ひどくやさしげな態度……。

あの男の下心は明白だ。ときどき家に寄る前後に駅前の喫茶店《きっさてん》で、二人で熱心に、こそこそと真剣《しんけん》に話しあっていることだって、私、何度かお姉さんのあとをつけてちゃんと知っている。

……それに、私が彼のことを口にするたびに見せるお姉さんの、あのすまなさそうな苦しげな表情。今まで、そんな表情、一度だって見せたことなかったじゃないの。

そんな妹の思いを知らず、姉は言った。

「じゃ、行ってくるわね。あ、そうだ。私、駅前で夕御飯のおかず買ってくるわ。なにかあなたの好きなものさがしてくる。ね?」

「お姉さん……」

言いかけて、彼女は口をつぐんだ。笑いかけた姉の顔が、また、あの苦しげな、すまなさそうな顔にかわっている。……そうなのだ。姉はとてもやさしいのだ。さっきの電話だって、佐伯からの呼び出しに違いない。でも姉は、それを言わない。姉とはちがい、誰からも相手にされない私のことを思って、きっと気がとがめているのだ。そして姉は、同じそのやさしさから、いつもの通りあまり長いこと私を一人きりにしておくのが可哀想《かわいそう》に思って、でも佐伯とも別れたくなくて、一時間もしたら、きっと彼を連れてこの部屋に帰ってくるのに決まっている……。

まるで、「許して」と頼《たの》んでいるみたいな顔。ダメだ。やはり、私はなにも言うまい。このお姉さんの顔を見たら、私には、もうなにも言えない。

「……お願いね、お留守番、頼んだわよ」

そう言うと、姉はそそくさと部屋を出ていく。白いレイン・コートのすそがひるがえって、扉が大きな音をたてて閉まる。

彼女は、小さく泣きはじめた。小暗い部屋の隅《すみ》でうつぶした、その骨ばった肩《かた》がふるえ、彼女は声をたてて泣きつづけた。

雨はあいかわらず降りつづいている。雨滴《うてき》が絶え間なくガラスの窓を流れ、遠くで、かすかに雷《かみなり》の音も聞こえる。雷が鳴れば梅雨は明けるものだというのに、今年の梅雨は、いったいいつまでつづくのだろう。

やがて、彼女は立ち上り窓に顔をうつした。涙《なみだ》でくしゃくしゃに汚れた、青黒く生気のない陰気《いんき》な顔。色白で大柄《おおがら》な美しい姉とは、似《に》ても似つかぬ不器量な、醜《みにく》い顔。二十三にもなるのに、ギスギスした発育不全の中学生みたいな身体。彼女は窓に映る自分に言った。

――きらい、お前なんて、大きらい。お前なんか、死んでしまえばいい。どうなっちゃってもいい。

自分で自分に言い、彼女は目をつぶった。また新しい涙がこぼれた。

もし私が、お姉さんのような美人だったら。そしたら私だって、お姉さんみたいに朗《ほが》らかで人なつっこく、誰からも可愛いがられ、今のように家にこもっていることもなかったのに。美人で気がやさしく、しかも評判のしっかり者のお姉さんを、今日まで独身のままいさせることもなかった。お姉さんがあせってしまい、そこにつけこまれて佐伯なんていう悪い男が近づくこともなかった。

——私は、それがくやしい。

「……でもダメ。いけないいわ、お姉さん」と、彼女は声に出して言った。

「あの男はとんだ食わせものよ。私、ヤキモチをやいてるんじゃないわ。ダメなの、あの男は」

あの男は、はっと気づいて目を合わせるときは、やさしくニコニコ笑っているけれど、ふとしたきっかけで見ると、まるで別人のような冷酷《れいこく》なこわい目で、じっと私を見つめているの。まるで観察するみたいに。

——きっと、別の人格がいるんだわ。そんな人間、信用できるはずがない。

それに昨日、私がこの窓から道を眺《なが》めてたら、あの男が通ったの。あの男にそっくりな小さな男の子の手を引いて、奥さんらしい人といっしょに。

——お姉さん、あの男には、奥さんも子どももいるのよ。ほんの浮気心《うわきごころ》で、お姉さんをダマしているだけなの。一見、柔和《にゅうわ》な、いかにも信用できそうなやさしい紳士面《しんしづら》をつくって……。

私、あの男を許せない。ちゃんと妻子がいるくせに、お姉さんに接近して。

——本当よ、信じて。ヤキモチなんかじゃない。

はじめ私は、しっかり者のお姉さんが、どうしてあんな男に気をゆるしたのか、それが不思議だったわ。でも、今はわかっている。私が、お姉さんの縁談《えんだん》の邪魔《じゃま》になっているのね。あの男は、そんなお姉さんの弱みと焦りにつけこんで、お姉さんに取り入ったんだわ。

――だから、私が悪いんだわ。いちばん悪いのは私なんだわ。

私は、大好きなお姉さんのためだったら、自分はどうなったってもいいと思っている。これは本当の気持ちよ。

――そうだわ、私、今日こそ、その証拠《しょうこ》を見せよう。

彼女は指で涙《なみだ》をふき、すばやく台所へ走った。鋭《するど》いフレンチ・ナイフを手にとり、脇《わき》の下にかくして、また窓に寄った。

頬《ほお》が熱く火照《ほて》ってくる。彼女は横目で窓から道を眺めながら、心の中で言った。怒らないでね。泣かないでね、お姉さん。私が、お姉さんにしてあげられることは、これぐらいしかないの。お姉さん、私を信じて。私が、お姉さんの幸福を、それだけを心から祈っていることを……。

あいかわらず、降りつづく雨が窓ガラスを洗っていて、そのせいで風景も歪《ゆが》み、陽炎《かげろう》を透《す》かして見るように揺れながら流れつづけている。お姉さんは、きっと今日もまた佐伯と喫茶店《きっさてん》で逢《あ》い、それから、彼をこの部屋に連れてくるのに決まっている。

汗《あせ》ばんだ右手のナイフを、彼女はしっかりと握《にぎ》りしめた。佐伯がこの部屋に足を踏《ふ》み入《い》れたとたん、ものも言わずその体におどりかかる自分、絶叫《ぜっきょう》する彼の胸に咲《さ》く真紅の血の花の鮮《あざ》やかさが、目に浮かんでくる。彼女は、はじめて自分が姉の役に立つよろこびに胸を満たし、呼吸を殺しながら、歪《ゆが》んだその風景の中に、二人があらわれるのを待ちつづけた。


そのころ、ちょうど駅前の喫茶店《きっさてん》を出た二人は、音もなく降りつづく長雨の中を歩きながら、こんな会話を交わしていた。

「……でもねえ、どうやら妹さんはもう気がついているみたいですよ。僕が、あなたに頼まれて、ちょいちょい病状を見に寄っている医師だっていうこと」

「いいえ、それはまだ気づいてはいないと思いますわ。でも、近ごろはだいぶ症状が悪いようで、昨夜なんか一晩じゅう泣いておりましたの」

「なるほど。梅雨という季節は、心にもいろいろな影響を与えますからね。……近ごろは、僕を見る目つきも、普通じゃない。あきらかに警戒している」

「やっぱり妹は、病院で診《み》てもらうべきなんでしょうか。……私たち、姉妹二人きりですし、妹が私と離れて暮らすことがいいことなのか……」

「お気持ちはよくわかります。でも、そろそろあなたも決心をなさるときだと思いますよ。……ま、今日、これから寄ってみてから、そのことをはっきりと決めることにしましょう」

(原作　山川方夫　翻案　蔵間サキ)

＊表記・表現を原作と変更した箇所があります。

失敗しないアドバイザー

西園寺華恋《さいおんじかれん》は、「相談者の恋愛成就率《れんあいじょうじゅりつ》100%」をうたう恋愛アドバイザーだ。

誰にでも知られた存在ではなく、「知る人ぞ知る」存在である。オフィスは都心の一等地に構えているが、宣伝や広告などは出していない。にもかかわらず、依頼者が途絶《とだ》えることはなく、毎日、完全予約制で数名の相談者に「恋愛アドバイス」を行っている。華恋のもとに持ちこまれる恋愛相談は、じつにさまざまだ。

「ずっと好きな人がいて、その人と付き合いたいんです。確実に付き合うためには、どうしたらいいですか?」

「夫と別れたいんです。だけど、夫は私のことを愛していて、簡単には別れてくれないから、理由が必要なんです。夫が別の誰かを好きになるよう仕向けてもらうことって、できるかしら?

そうしたら、それを理由に離婚《りこん》を切り出せると思うから」

恋する人々の事情は、10人いれば10通り、１００人いれば１００通りある。そのすべてに、西園寺華恋はベストな解決方法を提示してきた。今のところ成功率は１００％。顧客満足度《こきゃくまんぞくど》も星５つだ。

もちろん、すべての依頼《いらい》を引き受けるわけではない。「今、幸せな状態にあるカップルを破局させる」とか、「誰かの恋人を依頼人の都合で奪《うば》う」ということは、華恋のポリシーに反する。それに、これはありがちな相談だが、望めば誰でも有名俳優やタレントと付き合えるというわけでもない。ケースによっては、「依頼を断る」という選択《せんたく》もある。「成功率１００％」は、それゆえに実現できることなのだ。

噂《うわさ》を聞きつけたマスコミから、番組への出演やインタビューなどの依頼が毎週のように舞《ま》いこんでくるが、そのすべてを華恋は断っている。オフィスで相談者の一人ひとりに面会してじっくりと話を聞き、その人に適したアドバイスをすることを、華恋は信条としている。

番組や誌面を通して、顔の見えない不特定多数に――それこそ、よくある星座占いや誕生日《たんじょうび》占《うらな》いのように――「どうとでもとれるような無難なコメント」を発信することもまた、華恋のポリシーに反するのだ。

一人ひとりの顔を見て、悩みを聞いて、言葉を返すからこそ、成功率も顧客満足度《こきゃくまんぞくど》も最高レベルを維持《いじ》できる。その点にこだわり続けるから「成功率100%」の恋愛《れんあい》アドバイザー・西園寺華恋を頼《たよ》りにやってくる相談者は途切《とぎ》れることがない。たとえ、相談料が高額であってもだ。

「ずっと、好きな人がいるんです」

その日、華恋のもとを訪れた相談者の男性も、多くの相談者と同じように思いつめた表情で語った。

「ずっと好きなんですけど、僕みたいな人間が彼女に近づいてもいいのかなぁって、考えたりして。でも、忘れたくても忘れられなくて、こうなったら、いっそ想いを伝えようかと……。だけど、どう伝えたらいいのかもわからなくて。僕は、結婚も視野に入れてお付き合いしたいと思ってるんですが……」

相手の女性は、とくに有名人であるわけでもなく、相談者のことをつい最近まで意識すらしてくれていなかったという。それがようやく2人きりで話せるまでの間柄《あいだがら》になったのだと、男は熱弁した。

「なるほど。想いを寄せ続けている女性に、結婚を前提としたお付き合いを申し込みたい。ゆくゆくはプロポーズして、結婚したいということですね。そうなりますと、お相手の女性に対して、長期的なアピールが必要になってきます。成功率を上げるため、お客さまの状況《じょうきょう》に応じて、複数回にわたったアドバイスをさせていただくことになります。必然、相談料も高額になってまいります」

「おいくらでしょうか？」と尋《たず》ねてきた男性に、華恋は向き直る。

「相談料は、前払いで５００万円です」

「５００万！」

衝撃《しょうげき》を受けたように声を上げた男性に、華恋はとびきりの笑顔を向ける。

「お高いとお思いかもしれませんが、こう考えてみてください。５００万円で、確実に、お相手の女性と結婚できるんです。わたくしのアドバイス成功率は１００％ですから。もしもお客さまがその女性にプロポーズして、断られてしまった場合は、お客さまに全額返金したうえで、さらにお詫《わ》びとして、もう５００万円、わたくしがお客さまにお支払いいたしますわ。これはすべてのお客さまにお伝えしていることで、契約条項《けいやくじょうこう》にも明記されています。わたくしは自分のアドバイスに、それくらいの自信と覚悟《かくご》をもっております」

ためらいのない華恋の言葉を聞いた男性は、しばし呆然《ぼうぜん》としたのち、決意の表情を浮かべた。

「わかりました。それだけおっしゃるなら、信頼《しんらい》できます。500万円をお支払いするので、僕に恋愛アドバイスをしてください」

こうして、男は西園寺華恋の新たな顧客となった。


顧客《こきゃく》リストに「東條《とうじょう》」と記入したその男は、定期的に華恋のオフィスを訪れ、数回にわたる恋愛アドバイスを受けるようになった。華恋は東條を「恋愛初心者」と判断し、身だしなみやマナーの基礎からアドバイスした。もちろん、そんな基礎《きそ》的《てき》なアドバイスをするだけで500万円の相談料をとるわけにはいかない。基礎が終わったあとは、実践《じっせん》的《てき》なアピール方法や、相手から好感をもたれるテクニックなどを伝授した。それらはすべて華恋が独自に考案したもので、どの恋愛指南書にも載《の》っていない。東條は、多くの相談者と同じように、「本当にそれで相手の心をつかめるのか？」という疑問の表情を見せたが、華恋には絶対の自信がある。

――わたしが築き上げた「成功率100％」というこの数字は、絶対に揺《ゆ》らがないわ。

華恋は確固たる自信を胸に、東條へのアドバイスを続けた。

そして、東條が初めて華恋のオフィスを訪れてから数ヵ月後、華恋は東條への最後のアドバイスを終えた。

「わたくしからお話しできることは以上です。東條さまの告白とプロポーズが成功するよう、心から祈《いの》っていますね」

「祈らなくても、確実に成功するんでしょう？　アドバイザーが西園寺華恋さんなんだから」

最初のころより何倍もあか抜《ぬ》けた雰囲気《ふんいき》になった東條が、さわやかさの奥にほんの少し、意地の悪さを秘めた微笑《ほほえ》みを浮《う》かべる。すべての女性をとりこにするだろうこの微笑みも、華恋がアドバイスした結果だ。東條の言うとおり、彼のプロポーズは確実に成功するだろう。

「そうですね。『結婚することになりました』というご報告をお待ちしておりますね」

自身も完璧《かんぺき》な笑顔で、西園寺華恋は応じる。すると東條が、「今までありがとうございました」と、丁寧に頭を下げた。

「成功率100％の看板に傷をつけないように、がんばりますね」

そう言って、東條はオフィスを出ていった。それをお辞儀《じぎ》で見送った華恋は、デスクに戻《もど》って、パソコンのディスプレイに表示してあった東條の「顧客カウンセリングシート」を閉じた。

彼からは、必ず「結婚することになりました」という報告があるだろう。その手段が電話かメールなら、もう会うことはない。もしかしたら結婚の報告さえ、幸せすぎて忘れてしまうかもしれない。それならそれでいい。「便りがないのはよい便り」ということだ。

今日の相談者は東條が最後だから、あとは残っているデスクワークを少しだけして、オフィスを閉めよう。西園寺華恋がそう思ったとき、オフィスのドアの開く気配がした。反射的に顔を上げると、パーテーションの向こうから、先ほど見送ったばかりの男が顔を出す。

「東條さま、どうなさいました？　お忘れ物ですか？」

それらしいものは見当たらなかったけれど、と思いながら尋《たず》ねると、「ええ、まぁ……」と、東條はYESともNOともとれない返事だ。

華恋が言葉に迷っていると、「言い忘れたことがありました」と、東條が瞳《ひとみ》を向けてきた。

そのまま、コツ、コツ……と、華恋の目の前まで歩いてくる。真正面から華恋と見つめ合う形になって、5秒後、東條はふたたび口を開いた。

「僕が幸せだと思う『人生の最期』は、愛する妻、そして子どもたちに見守られて、笑顔で大往生することです。最期にこの目に映るのは、愛する妻の笑顔であってほしい」

それは、華恋が何度か添削《てんさく》した、東條のプロポーズの一節だ。

「……僕の目に映るのは、あなたの笑顔であってほしいんです――華恋さん。僕と結婚してください」

「……え？」

「僕がプロポーズしたかった女性は――西園寺華恋さん、あなたです」

突然《とつぜん》の事態を、華恋はうまく処理できない。しかし、ここでフリーズしてしまっては、恋愛アドバイザーの肩書《かたがき》が泣く。

「プロポーズのリハーサルですか？　相手の不意をつくのは効果的なやり方ですね。ドラマ性を演出できますから。ですが、もう契約期間《けいやくきかん》は終了していますから、これ以上は追加オプションとなり、追加料金が発生しますよ」

「茶化《ちゃか》さないで」

華恋の言葉をさえぎるように、東條が距離《きょり》を詰《つ》めてきた。

「リハーサルなんかじゃありません。僕は本気で、華恋さんにプロポーズしています。あなたのもとに通うようになってから、僕はますますあなたに夢中なんです。だから、あなたの口から『YES』の答えが聞きたい。……さぁ、返事は？」

華恋の体が緊張《きんちょう》する。この場所で初めて会った東條は頼《たよ》りなさそうな雰囲気《ふんいき》だったのに、今では自信に満ちた、積極的な男性になっている。十分に魅力的《みりょくてき》だ――が、その魅力をもたらしたのは華恋のアドバイスだ。華恋自身が東條に恋をするなど、あり得ない。

「ごめんなさい、わたしは――」

しかし、プロポーズを断ろうとした華恋は、寸前でその言葉をのみこんだ。頭によぎったのは、これまで誇《ほこ》りとしてきた、ある数字だ。

成功率100％――ここで華恋が東條のプロポーズに「NO」と答えれば、東條に恋愛アドバイスしたのが西園寺華恋である以上、その数字に初めてのキズがつくことになる。成功率100％が99・9％になったところで仕事にさほど影響《えいきょう》はないかもしれないが、少なくとも、華恋のプライドには数字では表せないほどの大きな傷がつく。

それだけではない。気になる数字は、もうひとつある。

「どうしました？」

言葉を探している華恋を、東條がおもしろそうに見つめて、ささやく。

「答えは『ＹＥＳ』じゃないんですか？　僕のプロポーズを断れば、成功率１００％という恋愛相談所の看板を取《と》り換《か》えなければいけませんよ？　それに、最初に交わした約束も、覚えていますよね？　僕のプロポーズを断って、５００万円を僕に支払いますか？」

――やっぱり、そういうことだったのね。

華恋は体のうしろで、ギュッと拳《こぶし》を握《にぎ》りしめた。

――もしもお客さまがその女性にプロポーズして、断られてしまった場合は、お客さまに全額返金したうえで、さらにお詫《わ》びとして、もう５００万円、わたくしがお客さまにお支払いいたしますわ。

ニヤリと、東條が華恋の目の前で笑う。優しさと、さわやかさと、そして少しの意地の悪さが絶妙《ぜつみょう》に混じり合った、見る者を惹《ひ》きつけるような微笑《ほほえ》みだ。もちろん、それは華恋のアドバイスによって誕生したキャラクターでもある。

――つまりこの男は、自分が支払った相談料５００万円を取り返したうえで、わたしからお詫びの500万円をせしめようという腹づもりなのか。そのために、こんなフェイクのプロポーズを仕掛《しか》けているというの？　あるいは、恋愛相談するうちに本当にわたしのことを好きになってしまったとでも？

「あなた……どっちなの？」

「今は、僕があなたに、『YES』か『NO』かの選択《せんたく》を迫《せま》っているんですよ。さぁ、どっちですか？」と、東條が笑う。

どっちが正解だろうと、西園寺華恋は考える。「100%」と「500万円」の両方を失う形でプロポーズを断るか、好きでもない相手のプロポーズを受けて、「100%」と「500万円」を守《まも》り抜《ぬ》くか。

――あぁ……「恋愛」って、なんなんだろう。

そんな初歩的で、しかしひどく難解な問題に、西園寺華恋は初めて直面していた。


（作　桃戸ハル、橘つばさ）

みんな消えてしまえ！

「坂野木《さかのき》ツトム選手について、所属チームは本日捜索願《そうさくねがい》を警察に提出したことを発表しました。坂野木選手は一週間前に宿舎から突然姿《すがた》を消し、連絡も取れず行方がわからないとのことです。海外の名門サッカーチームへの移籍が報じられた矢先のことであり、警察は相次ぐ有名人連続失踪《しっそう》事件との関連もふくめ捜査《そうさ》を――」

テレビのニュースを観ながら、一人の男がほくそ笑んでいた。

――なるほど、俺が消した人間たちは、記録や人々の記憶ごと抹消《まっしょう》されるわけではなく、あくまで「失踪」「行方不明」という扱いになる。それは確定だな。

男は黒いノートを開く。そこには「坂野木ツトム」をはじめ、いくつもの名前が書かれ、並んでいる。どれもスポーツ選手や芸能人、政治家など、有名人の名前だ。そしてその名前の人物たちは、みな失踪し、世の中を騒《さわ》がせている。

男はノートにいくつかの名前を書き加えた。失踪のニュースに対して、的外れなコメントをしていたキャスターや専門家たちだ。男は静かにノートを閉じると、その上に手を置き、「消えてしまえ！」と大きな声で叫《さけ》んだ。

――人間なんて、みんな消えていなくなってしまえばいい。

男は昔から、「人間」が嫌《きら》いだった。世の中には、くだらない人間が多すぎる。自分が馬鹿なことにも気づかずへらへらして幸せそうな奴《やつ》、ただ運よく成功しただけのくせに偉そうな奴、何ができるわけでもないのに他人のことを見下す奴……。

自分は毎日、好きでもない仕事をして、あれこれと文句を言われながら、うだつの上がらない人生を送っている。

それなのに、なぜあんなくだらない奴らが、楽しそうに生きているのか。

この世界は不公平だ。間違っている――やり場のない苛立《いらだ》ちを抱《かか》えて、男は生きていた。

男がその黒いノートを見つけたのは、まったくの偶然《ぐうぜん》だった。

ネットニュースを見て悪態をついたりしながら、適当にスマホをいじっていたとき、たまたま目についたオークションサイトに、それはあった。

「ある人間嫌《にんげんぎら》いの男の日記」――そんな名前で、そのノートは出品されていたのだ。

あまりはっきりとしたことは説明されていなかったが、ある人間の遺品らしい。日記を書いた、その人間は行方知れずだが、日ごろから世の人を恨《うら》み、世界のすべてを呪《のろ》っているような人物だったらしく、おそらく世をはかなんで、どこかで人知れず自ら命を絶ったのだろうということだった。出品していたのはその人物が働いていた仕事場の同僚《どうりょう》だという。

男は説明を読みながら、その「人間嫌い」の人物が自分と似《に》ているように感じた。ノートには世の中に対する呪詛《じゅそ》の言葉と妄想《もうそう》が書き連ねられているという。

自殺した人間の遺品を同僚がオークションに出品するなど、あまり趣味《しゅみ》のいい話ではない。人の興味を引くために話を盛っている可能性もあるし、そもそもすべてが嘘《うそ》かもしれない。しかし、自分と似た人間が、死ぬ前に何を考えていたのか、男は少し知りたくなった。偽物《にせもの》だったとしても、それほど大した値段ではない。そして、男はその黒いノートを購入した。

届《とど》いたノートを開いてみて、男はまず鼻で笑った。これは呪いのノートで、人の名前を書いて、「消えてしまえ!」と唱えると、その人を異世界に飛ばして消してしまえる――そんなことが、一番最初に書いてあったからだ。

その後には、誰か知らない名前と、その人物に向けたものらしい恨み言がいくつも殴《なぐ》り書《が》きにされていた。「なるほど、確かに『妄想』だ」と男は思った。このノートには不思議な力がある。そう思い込んで憎い相手の悪口を書くことで、憂《う》さを晴らしていたのだろう。

ノートには、まだ3分の1ほど白紙のページが残っていた。男は冗談半分《じょうだんはんぶん》に、最近テレビでやたらと生意気な発言をしているタレントの名前を書いて「消えてしまえ！」と唱えた。

そのタレントの失踪《しっそう》が報じられたのは、それからしばらくしてのことだった

これまで何人の人間を失踪させただろう。消した人間のことを考えると、男の顔には自然と笑みが浮かんできた。

ノートは本物だった。何度も試して、男はその使い方をしっかり把握《はあく》した。ノートの力は絶大で、名前を書かなくても、ノートを手に持ち、消したい相手を口に出して「消えてしまえ！」と唱えるだけでも、その相手を消すことができた。ただ、消した相手の名前がズラリと並んでいるのを見るのは気分がいいし、むかついた相手をメモしておいて、後でまとめて消すことも

できるので、男はちゃんと書き込んでノートを使うことが多かった。

少しでも気に障った奴は、消してしまえる。実際に、いつもどうでもいい文句ばかり言う上司も消してやった。もう俺は誰もこわくない。

ノートの元の持ち主は、こんな力を手にしていたのに自殺するなんて、まったく愚《おろ》か者《もの》だ。ノートの書き込みを見ると、精神的に不安定だったのがわかる。似《に》ているかと思ったが、自分と違って、心も頭も弱かったに違いない。

――きっと人を消したことに急に罪悪感でも覚えて、自ら命を絶ってしまったのだろう。しかし、俺は違う。くだらない人間なんて消えたほうがいい。そうだ、俺が不必要な人間を全部消して、この世界をまともにしてやる！　男は、もはや神にでもなった気分だった。


それからも男は、何人もの人間を消した。

片《かた》っ端《ぱし》からくだらない人間を消して、理想の世界を作る――自分の力で世界を好きにできると思うと、心が浮《う》かれずにはいられなかった。

しかし、いくら人を消しても、世界が変わる様子はなかった。

男の生活も、何も変わらない。

上司を消しても、新しくきた上司が、変わらず彼に文句を言った。気に食わない有名人を消しても、そのポジションに気に食わない人間が入るだけだった。

浮かれていた男は、次第に失望し始めていた。

男は、自分を苛立《いらだ》たせるような、くだらない人間を消していけば、いつか気持ちよく暮らせる世界がくると信じていた。しかし、そうではないようだった。

世の中には、くだらない人間が多すぎる――その考えは間違っていた。そもそも世の中には、くだらない人間しかいないのだ。「人間」という生き物自体が、くだらない生き物なのだ。だからいくら消しても、世界はくだらないままなのだ――男はそう悟《さと》らざるをえなかった。

部屋の中、男は開いた黒いノートの前にいた。

しかし、もう新しく消したい人間の名前を書き込む気にはならなかった。そんなことをしても、ただ虚《むな》しいだけだ。

自分にとって満足のいく世界が作れると思っていた。しかし、そんなものは、存在しなかった。自分は、「人間」という生き物自体を嫌悪《けんお》していたのだ。「人間」の作る、この「世界」そのものが、自分には不快《ふかい》なのだ。絶望とあきらめの感情が、男に重くのしかかった。

男は、もう「人間」を見ていたくなかった。この息苦しい「世界」に愛想が尽《つ》きていた。

男はノートをそっと閉じると、その上に手を置いて、言った。

「世界中のすべてが消えてしまえ！」


次の瞬間《しゅんかん》、男の姿が、忽然《こつぜん》と消えてしまった。

……いや、違う。正しくは、男が消えたのではなく、男を除く世界のすべてが異世界に飛ばされて消えたのだった。しかし、世界のすべてが、そっくりそのまま異世界に飛ばされたので、世界が移動したことに、誰も気がつかなかった。他の誰が失踪《しっそう》した時とも同じように、世界は変わらず回り続けた。男だけが世界から消えてなくなったのだ。

男が何日も無断で会社に出てこないので、仕方なく同僚《どうりょう》が部屋を訪ねて、そこで初めて、男の行方《ゆくえ》がわからないことが発覚した。探しても見つかる気配はなく、いつも世の人を恨《うら》んで、世界を呪《のろ》っているような男だったから、世を捨てて、人と接しない暮らしを選んだか、どこかで自ら死を選んだのだろう、という話になった。

消えた男の部屋には、テーブルにポツンと、黒いノートが一冊、残されていた。

虚無《きょむ》の空間に一人、漂《ただよ》う男がいた。すべてが無であり、何をすることもできない。

ふと向こうのほうに、同じように空間を漂う男がいるのが見えた。

もしかしたら、自分と同じように、ノートで世界のすべてを消したのかもしれない。いや、世界のすべてを消した人間が2人、同じところにいるのはおかしいか。2人がそれぞれ世界のすべてを消したなら、2人は元々、それぞれ別の世界にいたのでなければおかしい。それとも、虚無の中では、そんな世界の境さえ、なくなってしまうのだろうか？

近づいて話したら、もっと詳《くわ》しいことがわかるだろうか。しかし、男はもう誰とも話す気にはなれなかった。何もできない虚無の中では、相手に近づくこともできないし、近づきたいとも思わない。どうせ、その男も、くだらない「人間」に過ぎないのだ。

それなら、一人のほうがずっとましだ。男はそのまま虚無の空間を、いつまでも漂い続けた。

（作 桃戸ハル、森久人）

ミカンと指輪

それは、大正末期――まだ電車が汽車と呼ばれ、座席の窓も自由に開閉できる時代のできごとである。汽車の同じ車両の中で、2人の男――初老の男と若者が向かい合う席に座った。

若者：失礼ですが、いつぞやも汽車で御一緒になりましたよね？

初老：これはこれは奇遇《きぐう》ですね。私も思い出しましたよ。たしか、この路線でしたね。そしてやはり今日と同じように、こうして向かい合って座ったように記憶しています。

若者：あの時は、とんだ災難でしたね　同情しますよ。

初老：いやいや恐縮《きょうしゅく》です。ただ実際、あの時は、どうしようかと思いましたよ。

若者：あなたが、私の向かいの席へ座ったのは、K駅を過ぎて間もなくでした。あなたは、袋に入ったミカンを、カバンと一緒にもっていた。そして、そのミカンを私にもすすめて下さいました。……実を申しますと、その時私は、あなたを、「なれなれしい人」だなと思ったんですよ。だって初対面の相手に、急にミカンをすすめてくるんですから。
初老：そうですか？　あなたが、とても気さくそうに見えたので、少し話がしたくて、そのきっかけがほしかっただけですよ。
若者：なら、その作戦は成功ですね。結局私は、あなたとおしゃべりをすることになったわけですから。でも、そんなおしゃべりの時間も、長くは続きませんでした。隣《となり》の車両のほうから、興奮した人たちがドヤドヤと入ってきたからです。そして、その中の一人のご婦人が一緒にやってきた車掌《しゃしょう》に何かささやきましたね。
初老：よく覚えてますね。私は突然、あんなことを言われましたから、もちろん覚えてますが……。あのとき車掌に、「お客様、大変失礼ですが」と言われたんです。そして聞いてみると、この私が、そのご婦人が身につけていた指輪を盗《ぬす》んだ――正確にはすったって言うんです。驚《おどろ》きましたよ。犯人に疑われたこともですが、他人《ひと》が指にはめている指輪をするなんてことができるのかってね。
若者：でも、私は、あなたが犯人じゃないって、すぐにわかりましたよ。だって、「馬鹿なことを言わないでほしい。私の身体を隅々《すみずみ》まで調べてみてください」なんて、犯人には言えませんから。

初老：当然です。犯人ではないんですから。

若者：車掌は、ああいうことに慣れているのか、かなり入念に調べてましたね。あのご婦人の夫という男も、あなたを裸《はだか》にせんばかりに服を脱《ぬ》がせ、最後には口の中までのぞきこんでいましたね。でも結局、指輪は見つかりませんでした。私も共犯じゃないかって疑われましたから、指輪が見つからなくて、「いい気味だ」って思いました。

初老：ただ、疑いが晴れても、ほかの乗客が皆、私を疑いの目で見てきましたから、かなり閉口しました。

若者：しかし、不思議な事件でした。あのご婦人の指輪が盗まれたことが本当なら、指輪はどこに消えたんでしょう。不思議です……。

二人：………。

初老：ははは。お互い、こんな茶番《ちゃばん》はやめようじゃねぇか。ほら、この車両、お客はほかに誰も乗ってねぇ。聞かれやしねぇよ。お前も、しらばっくれるのはやめにしろ。
若者：とうとう本性を出したな。それは、俺が、あんたに言いたい台詞《せりふ》だよ。
初老：お前もなかなかの食わせもんだな。あの時、俺が窓を開けて換気《かんき》をしたふりをして、こっそり外に投げ出したミカンのことを一言も車掌《しゃしょう》に言わないなんてな。お前、場所を覚えておいて、あとからこっそり拾いにいったんだろ？　さては、この道の玄人《くろうと》だな？
若者：何言ってんだ。その玄人を出し抜いたあんたは何者なんだ？　俺は次の駅で汽車を降りて、あの場所に戻《もど》って素早く線路《せんろ》脇《わき》に投げ捨てられたミカンを5つ見つけた。ただしそれは、ただの腐《くさ》った5つのミカンだった。あんた、俺より先に指輪の入ったミカンを回収したのか？　俺より先にあの場所に行けるとは思えねぇが……。
初老：お前、ちゃんと見ていたんだろ？　俺が窓から投げたミカンは5つだ。俺は、お前より先にミカンを拾っちゃいねぇ。
若者：それはおかしい。じゃ、何のために、あのミカンを窓からほうり投げたんだ？
初老：考えてもみな。せっかく命懸《いのちが》けで頂戴《ちょうだい》した宝物を、たとえミカンの中に隠したとしても、誰に拾われるかわからねぇ線路になんぞ放置できるわけがねぇ。さっき、お前がのこのこ拾いに行くまでその場所にあったって聞いて、驚いたよ。
若者：それじゃ、ますますミカンを窓からほうり投げた意味がわからない。
初老：しょうがねぇ。教えてやるよ。俺が指輪を盗《と》ったのは、お前と会った二車両隣《どなり》の車両だった。あの時、俺としたことが、少々ドジを踏んでな、あの亭主《ていしゅ》に気づかれそうになってしまったんだ。だから、大あわてでその車両を離れて逃げ出したのさ。「時間がない。早く隠さないと」と思ったさ。だが、追っかけてくる気配はねぇ。ただ、「車掌《しゃしょう》に知らせている」っていう可能性もあったから、「油断はできねぇ」って思ったのさ。そして、指輪をどうすればいいのかを考えたんだ。
若者：なるほど。
初老：そして、うまいことを思いついた。それが、例のミカンさ。俺はお前が気づくように投げ捨てたんだ。まさかお前が、あれを見て黙っているとは思わなかった。きっと得意げに、「私、見てました」なんて車掌《しゃしょう》に言うに違いない。そうして、俺がミカンを投げたとわかれば、皆の頭がそっちへ向かうはずだ。「ミカンの中へ指輪をしのばせておいて、あとから拾いに行こうと思っている」と推理されるだろうってな。そうすると、たとえ調べられても、「どうせ、この男はもう指輪をもってはいないだろう」という先入観があるから、自然と、確認もおろそかになるはずって思ったのさ。
若者：なるほどな。捨てられたミカンは、オトリってわけか。
初老：それなのに、お前は、ミカンのことを知っていながら、何も言おうとしねぇ。早く言ってくれ、と心の中で思っていたのに、まるで言い出す気配もねぇ。とうとう身体検査の段になっても黙っていやがる。そのとき俺は、「さては」と思ったよ。「こいつは玄人《くろうと》だ。このまま黙っていて、あとから自分で拾いに行こうとしている」んだってな。
若者：全部お見通しってわけか……。だが、待ってくれ。そうすると、あんたは、あの指輪をどこに隠したんだ？　あいつらはあんたの口の中、耳の中まで調べていたじゃねぇか。まさか、俺がいる車両に来る前に、ほかの車両にでも隠していたのか？
初老：さっきも言っただろ？　指輪を自分の目の届かない場所に置いてしまったら、誰かに見つかってしまうかもしれない。そんな危険なことできるかよ。だから、いちばん安全なところに隠したのさ。
若者：安全なところ？　それはどこなんだ？

初老：お前もずいぶん、おめでたい奴だな。「安全なところ」ってのは、「間抜《まぬ》けな奴《やつ》」のところだよ。特に、「自分は切れ者」だと思っている「間抜けな奴」。自分は共犯じゃないって思っているから、演技ではなく、本気で知らないそぶりができるのさ。

若者：……。

初老：怒らずに聞きなよ。まぁ、わかっていると思うが、それは「お前」だよ。実はお前がポケットに入れていたタバコ入れの底にそっと入れたのさ。指にはめている指輪をこっそり外して盗《ぬす》むことができる俺からしてみれば、そんなこと、造作のないことだ。まぁ俺の技以上に、お前がスキだらけだったって話だけどな。

若者：……。

初老：ミカンを急いで拾いに行こうとして大あわてのお前のあとを追いかけて、そのタバコ入れを奪《うば》いとるのもわけなかったぞ。ただ、お前は指輪を手に入れることはできなかったが、こうして本物の「玄人《くろうと》」の話を聞けたんだから、その教えを大切にしな。

（原案　江戸川乱歩　翻案　蔵間サキ）

男と幽霊《ゆうれい》

男は、ハッと目を覚ました。

あたりは暗い。夜である。外。木々の茂《しげ》る林の中に倒れていたのだ。

――どうして僕はこんなところに……？

しんと静まり返った暗闇《くらやみ》で、男は考える。

「おい」

誰かに声をかけられた。男は振《ふ》り向《む》いて、息を呑《の》む。

顔が半分つぶれ、血まみれになった男が、ジロリとこちらを見つめていた。真っ白な着物に身を包んで、暗い林の中にぼんやりと浮《う》かび上《あ》がっている。つまり、その姿《すがた》は、どう見ても……。

「ゆ、幽霊！」

男は悲鳴を上げて逃《に》げ出《だ》そうとしたが、体に力が入らない。あわてふためく男を前に、幽霊がため息をついて言った。

「首を吊《つ》ったやつが、幽霊見て怖《こわ》がるんじゃねぇ！」

男はそれを聞いてドキリとした。おそるおそる自分の首に手をやる。ひどく冷たい首に縄《なわ》の跡《あと》が残っているのがわかる。男は、幽霊の言葉で自分のやったことをすべて思い出した。

「ぼ、僕、死んだんですね……。それで、幽霊の仲間入りを……」

うなだれる男を、幽霊はしばらく黙《だま》って見ていたが、やがて、あきらめとはげましが入り混じったような声色《こわいろ》で言った。

「そんな絶望的な顔をするな。これがお前の望みだったんだろ？　それに、幽霊だって悪かねぇ。だけど、お前、なんで首吊りなんかしたんだ？」

「それは……」

男は少しためらった。でも「どうせ死んでいるのだ。今更《いまさら》何を隠《かく》す必要もない」と思って、ぽつぽつと話し始めた。

「会社で、あるプロジェクトに関わっていたんです。でも、失敗してしまって……。会社に大きな損失を与えてしまったんです……」

「まさか、それで会社に申し訳なくて、か!?」

「それもありますが……。プロジェクトは、僕と直属の上司が中心になっていたんですが、その上司が……失敗の責任を全部僕に押しつけたんです。昔から面倒を見てもらって、信頼していた上司でした……。なのに、僕だけが、すべての責任をとって会社を辞めさせられて……」

「失敗と、裏切られたショックってことか？」

「そうです。でも、僕だって気持ちを切り替えてやり直そうと思ったんです。だけど、必死に再就職先を探したんですが、なかなか見つからなくて……それで、もう、疲《つか》れてしまって……」

「……あんた、結婚は？　嫁《よめ》さんは支えてくれなかったのか？」

「言えませんよ。いつも僕の帰りを屈託《くったく》のない笑顔で迎《むか》えてくれる妻に、会社をクビになったなんて……。自分の不幸な境遇《きょうぐう》に絶望したというより、僕は悲しむ妻の顔を見るのが怖かったのかもしれません……」

林の闇《やみ》の中に消え入りそうなほど、暗く沈《しず》む男を見て、幽霊《ゆうれい》はまたしばらく黙《だま》っていた。しかし、そのうちにポツリと言った。

「お前と俺が出会ったのは、お釈迦様《しゃかさま》のお導きかもしれねぇな」

言葉の意味を図りかねて、男が顔を上げる。顔が半分つぶれていても、幽霊が寂《さび》し気《げ》に微笑《ほほえ》んでいるのがわかる。

「俺も、お前とほとんど同じだったのさ。俺は、この先の崖《がけ》から飛び降りたんだけどな……」

男は、驚《おどろ》いて幽霊を見つめた。

「俺にも妻がいてよ、俺が死ねば保険金も入るし、こんな情けない男と一緒《いっしょ》になんていないほうが妻のためになるとか、そんなことを思って、飛び降りちまったんだが……」

自嘲気味《じちょうぎみ》に笑う幽霊の声が、低く沈んだ。

「妻が泣いてるんだよ。俺が死んでから毎日毎日。幽霊になって、家に様子を見に行くとよ、肩《かた》を震《ふる》わせて泣いてるんだ。人前では気丈《きじょう》にふるまったりしていても、一人の時には……。慰《なぐさ》めようにも、触《ふ》れることもできねぇし、声だって届《とど》かない。なぁ、あんた。さっき『悲しむ妻の顔を見たくなかった』って言ったよな。あんたが死んで、嫁さんがどれだけ悲しむか、考えなかったのか？　自分が見なくてすむなら、嫁さんが悲しんでもいいってわけじゃねぇだろ？」

その言葉を聞いて、男は頭を抱《かか》え、やがて、目にいっぱいの涙《なみだ》を浮《う》かべた。今になって、自分のしたことの後悔《こうかい》が押《お》し寄《よ》せてきたのだ。

「……お前がクビになったことを嫁《よめ》さんに話せなかったのは、情けない自分を見せたくなかったってのもあるだろうが、心配かけたくなかったからだろ？　それで死を選ぶなんて、本末転倒《ほんまつてん》《とう》だ。お前、混乱してるんだよ。嫁さんに全部話して、冷静に今後のことを考えなよ」

「そんなこと言ったって、もう声は届かないんですよね……？」

嗚咽《おえつ》の混じった声で、男が言う。

「そうか？　俺はまだ間に合うと思うがな」

幽霊《ゆうれい》が笑って、さっとその場から動いた。

男は目を見開いて、幽霊がいた場所の地面を見た。

そこには、折れた木の枝と、結ばれた縄が落ちていた。

男が首を吊《つ》るのに使ったものだ。途中で折れて、下に落ちたらしい。

男は声も出せず、ゆっくりと状況《じょうきょう》を呑み込んでいく。

――ということは、まさか、僕の首吊りは成功せず、途中で……。

「いいかい、お前には、お前の帰りを待ってくれている人がいる。何を失ったって、それだけありゃあ生きる理由には十分なのさ。……おや、誰かがお前のために、助けを呼んでくれたんじゃねぇか？」

遠くから、救急車のサイレンの音が聞こえてくる。音のほうへ目を向けた男が顔を戻《もど》すと、もうそこに幽霊の姿《すがた》はなかった。

男は少し呆然《ぼうぜん》としていたが、やがてゆっくり立ち上がった。

——僕は、まだ生きているんだ……。

自分は、なんと愚《おろ》かなことをしようとしたのだろう。プロジェクトの失敗など比べ物にならない、本当に取り返しのつかない過ちを犯《おか》すところだった。

あの幽霊はきっと、男が自分と同じ間違いをしないよう教えるために現れたのだ。

帰りを待つ妻の顔が浮かんだ。

——もう、決して間違わない。

男は、地面を踏《ふ》みしめて歩き始めた。

「がんばれよ」

ふと、あの幽霊《ゆうれい》の声が聞こえた気がした。

振《ふ》り返《かえ》っても、そこには暗闇《くらやみ》があるばかり。

サイレンの音のほうへ再び踏《ふ》み出《だ》し、やがて男の姿は見えなくなった。


男がいなくなって林の暗闇は、再びしんとした静寂《せいじゃく》を取り戻した。

そこに突然《とつぜん》、ピリリリ！　耳障《みみざわ》りな音が鳴《な》り響《ひび》く。

木の影から、あわてたようにあの幽霊が現れた。先ほどまで男がいた、少し開けた木々の隙《すき》間《ま》に出て懐《ふところ》を探る。幽霊が取り出したのは着信して光るスマホだった。

「あんた！　どこで何やってんの!?　『今度の舞台の役作り』だなんだ言って、こんな夜中に幽霊の格好して飛び出して……。え？　幽霊の出そうな林の中？　そんなとこにいたって、幽霊の気持ちがわかるわけないだろ!?　まったく誰かに見られて通報でもされたらどうすんだいっ！　さっさと帰ってきなっ！」

幽霊——の格好をした、さえない役者の男。次に演じる幽霊役の参考になればとやってきた林の中で、思いがけぬ人助けをした。彼は散々怒鳴られて妻との通話を終えると、ため息交じりにつぶやいた。
「やれやれ、帰りを待ってくれている人がいるってのは、本当にいいもんだよ……」

（作　森久人）

コレクションルーム

自慢のコレクションルームに、最新式の窓を取りつけることにした。

わたしは腕時計《うでどけい》を収集するのが趣味なのだが、これまでに何度か、盗《ぬす》みに入られてしまったことがある。そこで、腕時計を安全にコレクションするための「はなれ」を敷地内《しきちない》に増築した。窓をつけなければ、盗みに入られる確率は下がるのかもしれないが、それでは単なる「倉庫」か「蔵《くら》」だ。わたしは、「はなれ」に居住空間としての快適性も備えたかった。そこで、防犯のために最新式の窓を取りつけることにしたのである。

「貴重なコレクションを守るための『はなれ』ですか。でしたら、この窓は最適ですね」

業者も、そう太鼓判《たいこばん》を押してくれた。わたしも、施工《せこう》された窓の具合を内と外から確かめ、その防犯性の高さに満足した。これなら、大事な腕時計の数々を守りながら、新たなコレクションを増やすこともできるだろう。

「聞いていたとおり、すばらしい窓だ。これなら空《あ》き巣《す》は、わたしの腕時計に触《ふ》れることもできない。これで安心して、また新しい腕時計を買えるぞ」

これから増えていくであろうコレクションのことを考えて、わたしは年甲斐《としがい》もなく、心が浮《う》き立《た》つのを感じた。

——そして1年、わたしのコレクションは順調に数を増やしていった。

＊　＊

やたらとデカい家だ。しかも、同じ敷地内に、「はなれ」まである。これは相当な金持ちの家だ。ということは、盗む価値のあるものも多いに違いない。そう当たりをつけた俺は、この豪邸《ごうてい》を数日間観察した。

住人は、50代くらいの男が1人いるだけ。家族も、手伝いに来ている人間もいないようで、盗みに入るには好都合だ。男の生活パターンは不規則で、かならず留守《るす》にしている時間帯があるのかはわからなかった。かなり自由度の高い仕事をしているんだろう。

それなら、男が寝静《ねしず》まった時間帯を狙《ねら》えばいい。男が本宅の2階にある寝室でのんきに眠《ねむ》っている間に、はなれのほうに忍《しの》びこんで貴重品を盗《ぬす》み出《だ》してしまえば、俺の仕事は終了だ。もちろん本宅にも貴重品はあるだろうが、ここで欲を出すと失敗する。俺は手堅《てがた》く、安全な仕事をしたいのだ。

それに、はなれに忍びこむだけで十分な稼《かせ》ぎが得られるはずだ。この家の主は、はなれに大量の高級腕時計《こうきゅううでどけい》を保管している。少し前、下調べのために男の留守中に敷地内《しきちない》へ忍びこんで偵《てい》察《さつ》したとき、はなれの窓にかかったカーテンの隙間《すきま》から中をのぞくと、腕時計のコレクションが見えたのだ。どうやら、取りつけられた窓には最新の防犯システムが施《ほどこ》されているようだが、そんなもの、本物のプロの手にかかれば、簡単に突破《とっぱ》できる。

「隠したいけど、見せびらかしたい気持ちもあるんだろうな。金持ちには、見栄っ張りなバカが多くて、ありがたいね」

深夜の闇《やみ》にまぎれて、俺は邸宅《ていたく》のはなれに近づいた。すると、今日は大きな窓のカーテンが半開きになっている。夜の闇が深いせいで目をこらす必要はあったが、カーテンの向こうには、室内の棚《たな》に並べられた高級そうな腕時計の数々が、ぼんやりと見えている。

「俺が片っぱしから盗んでやるから、明日からは盗まれる心配がなくなるぞ」

俺はさっそく、でっかい窓に張りついた。立派な窓だが、このタイプは研究ずみだ。俺のオモテの顔は、セキュリティ会社の開発担当である。自分たちが作っているものの弱点を知らないわけがない。それこそが、俺が「プロ」たるゆえんである。ものの5分で、俺は巨大な窓の施錠《せじょう》を解くことに成功した。

「よし、いっちょ上がり。そんじゃあ失礼しますよっと」

俺は窓を開けて、室内に足を踏《ふ》み入《い》れた。部屋の明かりをつけると、住人や近所の人間に異常を察知《さっち》されるリスクがあるので、こういうときは多少不便でも、小さなペンライトを使うのが鉄則だ。

今回も、俺は自前のペンライトをつけて、はなれの壁際《かべぎわ》に所狭《ところせま》しと並んでいる腕時計のコレクションをあらためようとした。

「……え?」

口笛《くちぶえ》を鳴らすつもりでペンライトを壁に向けた俺だったが、口から出たのは口笛ではなく、とまどいの声だった。

壁《かべ》には、何もなかった。壁際の棚《たな》にずらっと高級腕時計が並んでいたはずが、ペンライトの丸く狭《せま》い明かりに浮かび上がっているのは、つるりとした壁面《へきめん》だけだ。室内には腕時計どころか、オモチャの指輪一つさえない。

「腕時計はどこにいった？　誰かが侵入《しんにゅう》すると、壁の中に収納される最新システムか？　聞いたことはあるが、さすがに俺もまだ研究できてない——」

ガラララララッという耳ざわりな騒音《そうおん》に、俺のつぶやきはかき消された。

騒音がとどろいた背後をガバッと振《ふ》り返《かえ》って、俺は目を疑った。今さっき通り抜けてきた窓に、頑丈《がんじょう》そうな鉄のシャッターが下りていたのだ。

「おい、なんだこれ！　防犯シャッターか……!?」

拳《こぶし》で叩《たた》いても、そのシャッターは小さく震《ふる》える程度で、開く気配も破れる気配もない。持ちこんだハンマーで叩いても、ビクともしなかった。どうやら俺は、このはなれに閉じこめられてしまったらしい。

「くそっ、やられた……！」

そう声をもらしながらも、俺は、自分の身に何が起こったのか、理解できていなかった。

どうやってもシャッターが開かないことをようやく理解したらしい泥棒《どろぼう》が、力なく床《ゆか》にうずくまって頭を抱《かか》えている様子を、わたしはモニター越《ご》しに眺《なが》めてニヤリと笑った。

＊　　＊

「見事にかかったな。これを見ながら飲むワインは、じつにうまい」

モニターに映し出されているのは、はなれに取りつけてある監視《かんし》カメラの映像だ。先ほど侵入した空き巣が呆然《ぼうぜん》と壁を見つめている表情まで、はっきりと映し出している。

空き巣が脱力《だつりょく》するのも無理はない。大量の高級腕時計が並んでいるのを窓越しに発見して侵入してみたら、部屋は外から見たのとは違ってからっぽで、おまけに退路を断たれてしまったのだから。

「いやぁ、本当にいい買い物をした。最新の窓は、たいしたものだ」

わたしはイスの背もたれに背中を預けて、ワインのボトルに手を伸ばした。

一年前、わたしは腕時計のコレクションを空き巣被害から守るため、専用のはなれを増築し、そこに最新の、そして特別な窓を取りつけた。この窓は、じつは、破ること自体は難しくない。しかし、物理的に破る以前に、この窓には、「看破《かんぱ》」不可能な特別な仕掛《しか》けがあるのだ。その仕掛けというのは、精細《せいさい》でリアルな景色を、ガラス面に映し出すことができるというものだ。

言ってしまえば片面ディスプレイになっているこの窓は、一般的に、部屋の中から世界各地のさまざまな景色を眺《なが》めるために使われる。正しく使用すれば、自宅にいながら旅行気分を味わうことができるし、山奥の住まいであっても海中レストランで食事しているかのような演出をすることもできる。病床から動けない人たちの気分転換《きぶんてんかん》にも、一役買っているらしい。

しかし、わたしはその窓を、外から眺めるために使った。そしてその窓に、「たくさんの高級腕時計が並ぶ室内の景色」を映し出すことにした。日によって半開きになるカーテンも、映像の一部だ。おかげで映像はよりリアリティを増した。これによって、窓をのぞいた人間は、カーテンが半開きの室内に腕時計《うでどけい》が並んでいると錯覚《さっかく》するというわけだ。この使い方を知った施工《せこう》業者《ぎょうしゃ》も、「まさか、こんなふうにお使いになるなんて。ひとつ、勉強になりました」と、驚《おどろ》いていた。

テレビ画面などに移る映像と同じ原理なのに、窓が見せる光景は、奥行き感やディテールが本物と見分けがつかなかった。映像だとわかっているわたしから見ても本物としか思えないのだから、夜の闇《やみ》の中であれを見たコソ泥《どろ》は、現実の景色だと信じて疑うことさえなかったに違いない。

この「泥棒トラップ」に、バカなコソ泥たちは次々と引っかかってくれた。窓を取りつけて1年、今夜の男で、ちょうど10人目だ。だいたい1ヵ月に1人は捕《つか》まえていることになる。窓を破られた直後に自動で閉まることになっている鋼鉄のシャッターは、生半可《なまはんか》な工具類では開けることができない。わたしが手もとの開閉装置を操作して出してやらないかぎり、あのコソ泥は閉じこめられたままというわけだ。

ちなみに、わたしの大事な腕時計のコレクションは、あのはなれではなく、この本宅にある隠《かく》し部屋に保管してある。シャッターのおかげでコソ泥に盗《ぬす》み出《だ》される心配はないが、生《い》け捕《ど》りにしたコソ泥が時計に何をするかわからない。大事なコレクションを少しも危険にさらしたくないという気持ちと、低俗《ていぞく》な人間には指一本触れさせたくないという気持ちが勝り、あの最新の窓にニセの映像を映してオトリにすることにしたのだ。

結果、コソ泥《どろ》たちの間抜《まぬ》けな顔が、より間抜けにゆがむサマを見ることができるようになったので、正解だったと思う。自信満々で盗《ぬす》もうとしていた腕時計《うでどけい》が――窓に映し出されただけの映像なので無理もないが――一つ残らず消えてしまっているのに気づいて、やつらは例外なく、「わけがわからない」という表情になる。このときの間抜けヅラほど、ワインに合うつまみはない。

「それにしても、あの窓の仕掛《しか》けに引っかかったヤツは、もう少しで一ダースか。わたしの『コソ泥コレクション』も、ずいぶんと充実《じゅうじつ》したものだな。もしかしたら、腕時計よりも集めがいがあるかもしれないぞ」

くくっとノドを鳴らせてわたしは笑い、そのノドに、高級ワインを流しこむ。鼻孔《びこう》を優しく刺激《しげき》する芳醇《ほうじゅん》な香りと、ノドをうるおす上品な甘《あま》さが心地いい。

これだから、コレクションはやめられない。

（作　橘つばさ）

交換日記《こうかんにっき》

4月10日（月）

転校初日。新しい学校で、とっても緊張《きんちょう》した。

ちょっと意地悪な子もいて、これからうまくやっていけるか心配になったけど……大丈夫《だいじょうぶ》！

だって、いきなり交換日記をしてくれる、あなたのような友だちができたんだから！

不安で誰にも話しかけられなかった私に声をかけてくれてありがとう！

これからよろしくね！

4月11日（火）
こちらこそ！　いきなりの交換日記の提案にドン引きしないでくれて、ありがとう！
意地悪な子って、佐藤さんでしょ？　今日も、やな感じでからんできてたよね。でも、安心

して。あなたなら、ぜったいに大丈夫。きっとみんなとも仲よくなれるから。

4月12日（水）
また佐藤さんに意地悪された！　毎日毎日、イヤになる。
どうして、あんなことするんだろう……。何か私、悪いことしちゃったのかな？
明日もまた会うって思うと、ちょーユウウツ……。

4月13日（木）
あなたの気持ち、よくわかる。自分が悪いのかなって思っちゃうことも。
でも、あなたは悪くない。負けちゃダメ。一度、ガツンと言ってやればいいよ。
ああいう人って、実は意気地なしだったりするから。がんばって！

4月14日（金）
アドバイス通り、ハッキリ言ってやったよ。佐藤さん、目を白黒させてた。

あの顔、あ〜、おもしろかった！　ザマーミロ！　……でも、ちょっと言い過ぎたかな？
最後はこっちを、すごくにらんでた……。

4月17日（月）
言い過ぎたかもなんて、思う必要ないよ。
土日をはさんだのに、まだ今日もあなたのこと、にらんでたね。
本当にしつこいんだから。でも、あんな意気地なし、何にもできるはずない。気にしちゃダメ。今週の日記には、きっと楽しいことがいっぱい書けるよ！

4月18日（火）

4月19日（水）
だいじょうぶ？　昨日の日記、何も書いてなかったから……。大変だったもんね。

まさか佐藤さんが、あんなことするなんて。あなたの教科書も、破かれちゃったね……。
ほんと佐藤さんは、どうしようもない人だよね。あんな人のこと、気にすることないよ。

4月20日（木）
「気にするな」なんて、簡単に言わないで。佐藤さんと大ゲンカになっちゃって、もう無茶苦茶。せっかく、新しい学校でうまくやろうとしてたのに……。
あなたのせいよ。あなたが「負けちゃダメ」なんて無責任に言うから、私もやりすぎちゃったのよ。……もう学校に行きたくない。

4月21日（金）
ごめんなさい。なんて言っていいか、わからない。でも、私はいつでもあなたの味方よ。

4月24日（月）
何が味方よ。あなたは、学校では何にもしてくれないクセに、日記で味方ぶっているだけじゃない。今日だって、私がどんな目にあっていても、助けてくれない。何もできないクセに！
味方だっていうなら助けてよ！

4月25日（火）
私だってあなたを助けたい。だけど……。私、あなたの友だちとして、もっとがんばるから！
必ず助けるから！　ぜったいに何もかもうまくいくようになるから……。

5月8日（月）
しばらく書けなくて、ゴメンね。結論から言うと、佐藤さんと仲直りした。本当は私と友だちになりたかったんだって。お互い意地を張っちゃってただけみたい。
この日記は、これで終わり。だって本当の友だちができたから。ケンカを乗《の》り越《こ》えた友だち同士って、親友になれるんだって！

5月9日（火）

ちょっと待って。どういうこと？　本当の友だちって何？

あなたに友だちがいなくて悩《なや》んでいた時に友だちになってあげたのはわたしなのに、あんなに悪口を言っていた佐藤さんと仲直りしたくらいで、わたしのことを捨てるの？

5月10日（水）

だから、佐藤さんは本当の友だちなんだよ、わかるでしょ？　もう、さみしさを紛《まぎ》らわせるために、一人二役で交換日記《こうかんにっき》の真似事《まねごと》をする必要もないの。転校してもめげずにいられたのはこの日記のおかげだった。それだけは感謝する。さようなら。

5月11日（木）

どうしてそんなことを言うの？　私を生み出したのはあなたなのに。あなたのために私、ここまで、あなたを助けられるところまで、あなたに触《ふ》れられるところまできたのに……。わかったわ。そういうことなら、もういい……。

ぜったいに
ゆるさない

- 桃戸ハル

東京都出身。三度の飯より二度寝が好き。著書に、『５分後に意外な結末』シリーズ（Gakken）、『５分後に意外な結末　ベスト・セレクション』（講談社文庫）など。編集した書籍は、『ざんねんな偉人伝』（Gakken）など。
X（旧twitter）：@momotoharu_off

- usi

静岡県出身。書籍の装画を中心に、イラストレーターとして活動。グラフィックデザインやWebデザインも行う。

5分後に意外な結末ex　クリムゾンに染まる宮殿

2024年12月10日　　第1刷発行

編著　　桃戸ハル
絵　　usi
発行人　　川畑勝
編集人　　芳賀靖彦
企画・編集　目黒哲也
発行所　　株式会社Gakken
〒141-8416 東京都品川区西五反田2-11-8
印刷所　　中央精版印刷株式会社
DTP　　株式会社 四国写研

［お客様へ］
【この本に関する各種お問い合わせ先】
○本の内容については、下記サイトのお問い合わせフォームよりお願いいたします。
https://www.corp-gakken.co.jp/contact/
○在庫については、Tel03-6431-1197（販売部）
○不良品（落丁・乱丁）については、Tel0570-000577
学研業務センター　〒354-0045　埼玉県入間郡三芳町上富279-1
○上記以外のお問い合わせは　Tel0570-056-710（学研グループ総合案内）